Sprache in Sachen Sprachlosigkeit

Man erfährt bis zum Schluß nicht, was das Problem dieser Philosophierenden Frau ist

Sandra Hoffmann

Den Himmel zu Füßen

Schwanger-Sein? wodurch? sie ist klug, weiß doch etwas

Sandra Hoffmann

Den Himmel zu Füßen

Roman

C. H. Beck

Die Zeichnung von Friederike Mayröcker auf Seite 5 stammt aus dem Buch «Magische Blätter», S. 224, von Friederike Mayröcker.

Druck und Bindung: Kösel, Krugzell
Gesetzt aus der Bembo Antiqua im Verlag C. H. Beck
Gedruckt auf säurefreiem, alterungsbeständigem Papier
(hergestellt aus chlorfrei gebleichtem Zellstoff)
Printed in Germany
ISBN 3 406 52321-8

www.beck.de

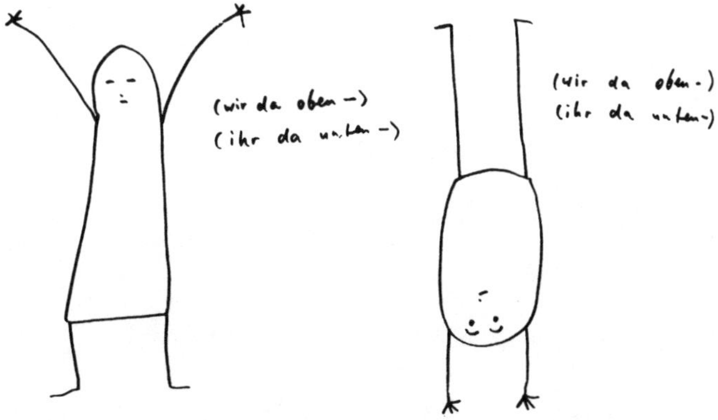

Friederike Mayröcker: LANDMARK

Für Barbara L.–S.

1

Sie wohnten oben. Von dort aus sah die Großmutter übers Land, und Enni sah in den Himmel. Im Herbst war er ein Krähenhimmel und im Frühling ein Schwalbenhimmel, im Sommer oft blau und vogellos. Manchmal lag sie auf dem Bett unter dem Fenster, hielt die Arme ausgebreitet, die Beine gespreizt, die Augen weit geöffnet und atmete in die Füße.
In die Füße atmen, sagte die Ballettlehrerin, wenn es dort schmerzte.
Lag Enni so da, drang der Himmel ein in ihren Körper und breitete eine angenehme Kühle aus. Bei Wind flogen Wolken durch ihre Augen in den Körper hinein, polsterten ihn aus, und Enni hatte das Gefühl zu schweben. Manchmal stellte sie sich aufs Bett, öffnete das Dachfenster und hörte die Amseln im Garten. Bei geschlossenem Fenster hörte sie den Wellensittich der Großmutter. Er war grün und vollkommen flügellahm. Sein Name war Freddy, wie Freddy Quinn. Das war außer dem lieben Gott der einzige Mann, den die Großmutter verehrte. Daß die Großmutter hier wohnte, lag an ihrer Geschichte und an der Krankheit, aber eigentlich waren das ein und dieselbe Sache. Die Großmutter hatte aus Unglück zuviel getrunken, aber jetzt betete sie.

Im Stockwerk tiefer wohnte Joschi mit den Eltern, weil die Mutter dabeisein wollte, wenn er sich die Haut vom Körper kratzte.
Der Vater hatte sein Büro im Kellergeschoß: *Umweltingenieur* stand an der Tür, die in den Hof führte, aber tatsächlich sorgte der Vater dort unten nur dafür, daß aus Müll wieder brauchbare Dinge gemacht wurden oder Geld.
Im Garten wohnten einige Tiere. Sie waren namenlos, wenn sie ihn betraten, aber wenn sie ihn nicht ganz schnell wieder ungesehen verließen, bekamen sie einen Namen; wer krank war oder verletzt in den Garten stürzte, wurde vom Vater gesund gepflegt und von Enni getauft. Wer Stacheln hatte und sich deshalb nicht anfassen ließ, wurde in Ruhe gelassen, aber beobachtet. Es war ein Stichling, was nicht die richtige Bezeichnung für dieses Tier war, aber sie entsprach immerhin der Wahrheit. Die Wahrheit, das war das oberste Gebot, und der Garten war der schönste und friedlichste Ort des Hauses.

Der Baukasten erinnerte Enni an die Papierbögen mit Schlössern und Burgen, mit alten Gemäuern, Mühlen und großen Höfen, mit Kirchen und Palästen, die man besonders genau ausschneiden und knicken mußte, damit beim Kleben alles aufeinanderpaßte. Als der Baukasten auf dem Laster ankam, war erst der Keller vorhanden. Enni hatte nicht erwartet, daß die Einzelteile schon ausgesägt waren, aber auf dem Laster standen lauter zugesägte Fertigteile, und man sah, was innen und was außen werden würde. Die Wände des Hauses waren aus Holz und gepreßten Holzspänen, sie hatten Lücken für ein oder für mehrere Fenster, Lücken für eine Terrassentür und ein Fenster, es gab breite und schmalere Wände, und allen fehlte noch die Tapete. Auch die Fenster standen auf dem Laster und hatten schon Scheiben. Neben ihnen standen die Türen. Ein Kran hob alles nacheinander von der Ladefläche und stellte es auf den Keller aus Beton. Arbeiter mit braungebrannten Gesichtern setzten den Baukasten in wenigen Tagen zusammen.

Das ist das modernste aller Fertighäuser, ein Prototyp, sagte der Vater, was auch immer das sein mochte. Der Prototyp roch nach Holzleim und frischer Farbe, und Enni befürchtete, daß er bei Wind umfallen könnte. Der Prototyp war eine Hütte.

In der ersten Nacht lag sie im Bett und klopfte mit dem Zeigefinger gegen die Wand. Sie klang hohl, so hohl, daß sie unter sich die Eltern sprechen hörte oder Geräusche aus dem Fernseher. So konnte sie nicht schlafen, mit diesen Stimmen im Ohr, den Stimmen in der Wand, die sich von unten nach oben drängten. Sie ließen ihren Körper nicht ruhig werden und den Kopf nicht nichts denken. Sie stand auf, öffnete die Tür des Kleiderschranks, stieg hinein, als sei er ein Haus im Haus, und hörte die Stimmen nicht mehr. Als sie ihre Gymnastikmatte in den Schrank legte und an der Rückwand nach oben schob, blieb alles, wie es war. Die Wand brach nicht durch und nicht hinüber auf den rosaroten Teppichboden der Großmutter.
Mit ihrer Bettdecke und dem Bären legte Enni sich unter

den bunten Stoffhimmel. Sie atmete Kleider. Sie mußte zusammengefaltet schlafen, kompakt wie ein Päckchen, nur der Bär lag in ihrer Kniekehle und wurde im Traum zu einer Katze.
Das war, als die Schnecken noch nicht im Schrank wohnten, und es war vor dem Gewitter mit dem Sturm. Danach zog Enni wieder in ihr Bett.

Weil sich die Feuchtigkeit in den Einmachgläsern im Dunklen länger hielt, standen sie auf dem Schrankboden in einer Reihe, und Enni versah jedes neue Glas mit einem kleinen weißen Aufkleber, auf dem stand: Caroline oder Lukas, Rolo oder Annika, und andere Namen kamen hinzu. Manchmal mußte Enni einen Namen durch einen anderen austauschen, manchmal schrieb sie auf ein Glas zwei Namen. In den Schrank durften jedoch nur die schönsten Tiere; die allerschönsten Tiere kamen zusammen in ein Glas. Jetzt macht mal, sagte Enni zu ihnen.

Willst du Fische haben, fragte Ennis Mutter, aber Enni wollte keine Fische, weil die keine Häuser hatten und das Fleisch außen trugen. Das Schöne an den Schnecken war, daß sie die Knochen außen trugen und das Fleisch innen.

Als die Mutter Carolineschnecke und Lukasschnecke auf Ennis Schreibtisch Spuren ziehen sah, schlug sie die Tür von Ennis Zimmer zu, und Enni hörte, wie sie das Auto startete.
Als sie zwei Stunden später wiederkam, schwammen im

Auto zwei blaue, zwei silbergrüne und ein grauer großer Fisch in einer durchsichtigen Tüte, die in einem Aquarium lag. Der graue konnte ein schönes Maul machen, deshalb duldete Enni ihn, ein Maul so weich wie Schneckenleiber: Zwei Schnecklein putzten das Aquariumglas von innen, und Enni drückte ihre Nase von außen daran platt. Der Glasputzerfisch hatte keine Schwierigkeiten, ihr in die Augen zu schauen.

Enni verdächtigte die Großmutter nicht zum erstenmal, als die Einmachgläser keine Deckel mehr hatten, aber sie fand die Schnecken nicht wieder. Schnecken konnten nicht zu nichts werden.
Eine Woche später bekam sie von ihr einen orangefarbenen Guppy für das Aquarium geschenkt. Drei Tage später schaute der Bauch des Guppys zum Himmel. Sie fischte ihn heraus, warf ihn in die Toilette und sah zu, wie der Wasserfall das Orange in den dunklen Schlund trieb. Der Großmutterfisch hatte im Aquarium nichts zu suchen.

In dir steckt der Narr, der Clown, an dir ist ein Zirkuskind verlorengegangen, sagte die Ballettlehrerin, und seither trippelte Enni als HansguckindieLuft in die Ballettstunde. Im Treppenhaus der Ballettschule hing der Himmel voller Holz.
Aus dir wird niemals ein sterbender Schwan, sagte die Ballettlehrerin.

Joschis Haut wurde immer schuppiger und immer röter.

An manchen Stellen war sie feucht und trocken zugleich, sie sonderte Wasser ab und kleine Krümel, sie sah dünn aus und wie nach einer Verbrennung oder an anderen Stellen verschorft, wie nach einem Fahrradsturz auf der Teerstraße. Joschi konnte nur noch ganz glatte Kleider tragen, damit der Stoff sich flach auf die Haut legte und ihr keinen Widerstand bot. In der Nacht schlief er mit Handschuhen, damit er am Morgen nicht aufwachte mit Haut unter den Fingernägeln und Kratzspuren auf den entzündeten Platten. Weil es ihn immerzu juckte, weil er wie eine verflohte Katze oder ein verzeckter Hund an sich herumkratzte, mußte die Mutter sich viel mit ihm beschäftigen. Weil die Mutter außerdem die Rücken von fremden Menschen knetete, ihnen die Hälse langzog, die Beine und Arme knickte und streckte und ihre Körper dehnte und bog, kümmerte sich die Großmutter um Enni.

Die kleinen in Butter gebratenen Beinchen waren dick, und ein undefinierbarer Geruch kam mit ihnen durch die Gaststätte gezogen. Enni war nicht sicher, daß sie wirklich von Fröschen stammten und nicht vielleicht doch von Küken. Das Fleisch war weiß, und die Beinchen hatten die Form eines schlafenden Vs. Viele schlafende Vs lagen auf Ennis Teller und schwitzten. Die Beinchen von Küken machen keine Vs, fiel ihr ein.

Sind die wirklich von Fröschen, fragte sie.

Was hast du gedacht, fragte die Großmutter.

Enni sagte nichts.

Willst du nicht anfangen, fragte die Großmutter.

Enni dachte an den Theodorfrosch aus dem Gartenteich und daß sie nun wußte, wie er von innen aussah.
Die Großmutter saß vor einem Teller mit einem Dutzend Weinbergschnecken und hantierte mit einer Zange. Sie nahm eines der fast weißen Schneckenhäuser in die Zange und stach mit einer spitzen kleinen Gabel in die Höhle hinein. Es gab überhaupt kein Geräusch. Als die Gabel wieder aus der Höhle herauskam, hing an ihr ein Klumpen, der deutlich anders aussah als Carolineschnecke oder Lukasschnecke oder die anderen Schnecken, die Enni kannte.
Warum ist es erlaubt, Fische zu essen und Schnecken und Frösche, wenn man fastet, das sind doch auch Tiere, fragte Enni.
Iß, antwortete die Großmutter.

Während die Mutter und Joschi mit dem kleinen grünen Auto durch die Welt fuhren, lernte Enni Städtenamen und Spezialistennamen: Sie wußte, wer wo seine Praxis hatte und daß eine Uniklinik ein Spezialistenparadies war. Meine Große, sagte die Mutter, wenn sie zurückkam, und Enni machte dafür vor der Zimmertür von Joschi Spagat um Spagat und Handstand um Handstand. Ihr Körper fühlte sich federleicht an, wenn die Beine sich aus dem Spagat aufeinander zu bewegten, ohne daß die Spannung nachließ, wenn sie sich aufrichteten zu einer doppelten Linie und zu einem Zeichen wurden, das in den Himmel zeigte, wenn sich Ennis Hände flach auf die Dielen gelegt hatten. Im Handstand sah sie, daß sich die Tür hinter der Mutter schon wieder geschlossen hatte.

Enni machte diese Übung täglich, aber an einem anderen Ort: Unter dem Dachfenster lag ihr der Himmel zu Füßen.

Die Geschenke, die die Mutter ihr mitbrachte, waren keine richtigen Geschenke, sie rochen nach Zigarettenrauch und ein wenig nach den Spezialisten, und wenn man sie anfaßte, konnte es sein, daß man auch bald zum Spezialisten mußte. Enni aß keine Spezialistenschokolade und spielte nicht mit den Spezialistenbarbies. Sie legte sie in einen langen Karton, in dem einmal ein Modellflugzeug aus lauter einzelnen Teilen verpackt gewesen war, das kleiner Uhu hieß. Kleiner Uhu lag zusammengebaut auf ihrem Kleiderschrank und wartete sonntags auf den richtigen Wind. Sonntags hatte der Vater Zeit, und Enni wurde für ihn ein Junge.

Man mußte ihn aus dem Handgelenk werfen, ganz sanft, als wäre er ein Insekt, als bewegte er sich aus sich selbst, als begänne er zu flattern, wenn man ihn losließ, ohne Kraft aufzuwenden, konnte man ihn in den Wind schieben, der ihn hineintrug in den Hang. Der kleine gelbe Vogel legte eine Spur in die Luft, und Enni rannte ihr hinterher. Ihre Haare lagen nicht mehr im Wind, sie waren nun so kurz wie die von Joschi.
Mit dem Uhu in der Hand schaute sie am Hang entlang nach oben, ihre Blicke sprangen umher wie Grashüpfer, bis sie den Vater entdeckten in seinen sehr blauen Hosen und der roten Windjacke. Enni winkte, aber der Vater winkte nicht zurück.
Als Enni oben ankam, redete er mit einer jungen Frau, die hübsch aussah.

Papa, sagte Enni.
Hallo, Enni, sagte der Vater, das ist Marlies.
Hallo, Enni, sagte Marlies.
Hallo, sagte Enni und fand, daß diese fremde Person sie eigentlich hätte Anja nennen müssen.
Willst du ihn nicht noch einmal in die Luft lassen, fragte der Vater.
Enni wollte nicht stören, dazu war sie ein zu stolzer Junge; sie ließ den Uhu noch einmal in den Wind. Er lag waagerecht in der Luft und zitterte nicht, bis die kleine Böe kam, die ihn direkt in die Bäume trug.

In der Nacht schaute Enni in den Himmel, sie lag unter dem Dachfenster, die Arme ausgebreitet, die Beine gespreizt, sie atmete gleichmäßig durch den Körper, bis der Atem in ihren Füßen war. Sie sah die Sterne, die Deichsel des großen Wagens über sich, aber sie wartete auf Wind. Bei Wind würde der Uhu vielleicht wieder vom Baum heruntergeweht werden.
Der Wind muß stärker werden, hatte der Vater gesagt, als sie in den Baum geschaut hatten, er hatte Enni die Hand auf die Schulter gelegt: Sonst bauen wir halt einen neuen, hatte er gesagt. Sie wollte keinen neuen.

Der weiße Haarreif mit den hellen Röschen sah falsch aus auf der Jungenfrisur, und Enni war sich nicht mehr sicher, daß das schön war, wenn man aussah wie die Mädchen in Paris. Sie schaute auf den Boden, wanderte mit den Augen an weißen Waden entlang, die sich herausformten aus wei-

ßen neu glänzenden Schuhen, denen man ansah, daß sie noch niemals getragen worden waren. Ein Mädchen versuchte ein zusammengeknülltes Pflaster an der Ferse immer wieder unauffällig zurechtzuschieben, aber das Pflaster hatte sich mit der Strumpfhose verklebt, die schon einen kleinen roten Fleck an der Ferse hatte. Daß das Mädchen sich auch schämte, vermutete Enni. Schämen war zu zweit viel einfacher.
Sie lauschte dem Rauschen der Kastanien auf dem Platz vor der Kirche, sie blinzelte in die hellen grünen Blätter und vermutete, daß der liebe Gott zwischen den Blättern hindurchschaute, weil er wissen wollte, wer als nächstes zur ersten heiligen Kommunion kam.

Wenn man den Leib Christi nur lange genug auf der Zunge liegen ließ, ihn dabei ein wenig am Gaumen rieb und einfach nur wartete, löste er sich in nichts auf.
Enni schaute beim Warten zum Kirchenhimmel hinauf und sah Johannes den Täufer mit den kleinen Kindern. Jetzt beginnt der Ernst des Lebens, hatte die Großmutter am Morgen gesagt, und Enni wußte, daß sie damit den lieben Gott meinte, der nun nicht mehr alles würde durchgehen lassen. Niemand hatte widersprochen, als die Großmutter bestimmte, daß Enni zur heiligen Kommunion gehen sollte, weil ihr sowieso nie jemand widersprach. Gleich würde auch sie den Leib Gottes empfangen; sie stand schon in der Schlange, die durch die ganze Kirche reichte: Sehr kurz begegneten sich ihre Blicke, aber Enni wollte jetzt nichts mit ihr zu tun haben. Die Jungen, die ihr gegenüberstanden, kicherten. Sie zermalmten die Hostie,

als wären sie Kühe, und dabei stießen sie sich mit den Ellbogen an. Enni hätte auch gerne gekichert, aber es gab keinen Grund: Auf ihrem Kopf saß diese Frisur aus Paris, und ihr Körper strebte nach oben. Immer wenn Enni aufrecht stand, strebte ihr Körper nach oben, sie konnte gar nichts dagegen tun; die Pobacken wurden zu zwei kleinen harten Bällen, der Oberkörper ein aufrechter Stamm, der Kopf hob sich, die Beine spannten sich an, die Fersen hoben sich, die Fußballen machten sich stramm, und auch in den Zehen spannten sich die Muskeln.
Innerhalb weniger Sekunden war Enni Johannes dem Täufer und den kleinen Buben um einige Zentimeter entgegengewachsen. Noch einmal traf Ennis Blick den Blick der Großmutter.

Man kämpft nicht mit dem lieben Gott, sagte die Großmutter erst am nächsten Tag.
Enni verstand nicht.
Du ringst mit ihm in seinem eigenen Haus um Größe, sagte sie, das geht nicht.

In der Ballettschule war sie das einzige Mädchen mit einer französischen Frisur. Die anderen Mädchen trugen die Haare lang und für den Unterricht zusammengebunden zu Pippi-Langstrumpf-Schwänzen, in einen Pferdeschwanz oder hatten sie hochgesteckt und zu einem Knoten gedreht.
Willst du nun ein kleiner Prinz werden, fragte die Ballettlehrerin, als Enni im rosaroten Trikotkleidchen in den Saal

trippelte: Sie ging auf Zehenspitzen und mit erhobenem Kinn; mit den Armen ahmte sie Flugbewegungen nach, und mit dem Mund machte sie einen spitzen Schnabel; die anderen lachten. Vor dem Fenster fing eine Katze eine Maus, das sah sie aus den Augenwinkeln, aber sie sagte nichts.

Die Ballettlehrerin strich mit den Fingern durch Ennis dichtes dunkles Haar, das sich sofort wieder hinlegte und aussah wie der Pelz eines kostbaren Tieres.

War das deine Idee, fragte sie, aber sie bekam keine Antwort.

Enni wandte sich der Stange zu und ging in die erste Position. Dann vergaß sie eineinhalb Stunden lang alles. Sie spürte nur, wie die Bewegungen immer leichter gingen, wie ihr Körper auswendig zu wissen schien, was er zu tun hatte, wie ihr Füße immer weniger schmerzten und um wieviel einfacher es geworden war, sich nur von den Fußspitzen tragen zu lassen. Bei den Pirouetten legte sie ihre Arme in die Luft.

Enni, sagte die Ballettlehrerin nach der Stunde, dir fehlt der Ernst.

Es gab Rituale, die kamen von selbst und gingen nicht wieder. Sie waren lebensnotwendig: das grüne Geländer am Bahnhof mit der rechten Hand so berühren, daß alle Finger auf einmal auf dem Eisen auflagen. Den Pfosten neben dem Süßigkeitenautomaten mit der Schulter streifen und ein altes weißes Brötchen in kleinen Krümeln an die Tauben verfüttern. Dann passierte nichts, dann kamen die

Mutter und Joschi und auch Enni wieder heil zu Hause an. Zu Hause stand das kleine grüne Auto im Hof, die Fenster des Hauses waren hell erleuchtet. Enni strich mit den Händen über den Lack, mit dem Zeigefinger machte sie eine Linie um das ganze Auto herum. Sie malte mit den Fingern kleine senkrechte Pfosten über die Linie: immer vier Stück nebeneinander, bis das ganze Auto eingezäunt war.
Sie rannte die Treppe hoch und klingelte Sturm.
Warum benutzt du nicht endlich deinen eigenen Schlüssel, fragte der Vater, als er die Tür öffnete. Enni drückte sich an ihm vorbei und warf ihre Tasche in eine Ecke.
Am Eßtisch saßen die Mutter, Joschi und die Großmutter, und eine Kerze brannte.
Hallo, sagte Enni und setzte sich auf ihren Platz gegenüber der Mutter und neben Joschi. Joschi strahlte und bohrte ihr seinen Zeigefinger in die Wange.
Laß das, sagte Enni.
Du hast doch einen Schlüssel, sagte die Mutter, du bist doch alt genug. Enni klopfte mit der Gabel auf den Tisch, neunmal. Sie schwieg und schmierte sich einen halben Zentimeter Zwiebelschmalz auf das Brot, das die Mutter ihr auf den Teller gelegt hatte. Das Brot machte Flugbewegungen auf dem Weg zum Mund. Joschi mußte lachen, und Enni lachte auch. Wenn Joschi lachen mußte, war alles gut, dann vergaß er die Spezialisten und das Kratzen. Wenn er lachte, durfte Enni weitermachen.
Das Brot wurde zum Flugzeug und landete immer wieder im dunklen Hangar. Dort wurde es ein Stückchen kleiner und flog wieder heraus.
Enni aß zum Abendbrot drei Flugzeuge.

Weil ihre Blicke die Füße durchbohren konnten, mußten die wilden Kerle im Buch unter dem Bett am Fußende schlafen und auf den Fußboden schauen. Sie waren eigentlich verboten am Abend, man träumte schlecht von ihnen. Sie wohnten im Urwald und trieben dort ihr Unwesen, aber manchmal kamen sie auch aus dem Urwald heraus und verirrten sich in Ennis Kopf. Weil sie nicht mehr herausfanden, schlugen sie von innen dagegen, sie drückten und drängelten sich, sie drohten, den Kopf zu sprengen, und er wurde immer größer. Sie brauchten so viel Platz im Hals, daß der Hals zuwuchs und es nicht einmal mehr möglich war zu schreien.
Auf der Flucht kam Enni mit dem Riesenkopf und ohne Stimme in das Zimmer der Großmutter. Sie setzte sich neben sie und zitterte. Eine Kerze brannte, und mit dem Rosenkranz in der Hand murmelte die Großmutter leise vor sich hin. Wenn das Zittern aufhörte, stolperte das Porzellanpferdchen auf dem Tisch nicht mehr durch Luft; sein Reiter saß fest im Sattel. Enni schaute in das Unterwasserlicht des Aquariums, es hatte umziehen müssen, weil sie genug gehabt hatte von den vielen Guppyfischen, die die Großmutter immerzu kaufte. Das Glasbecken, das sie im Tausch bekommen hatte, genügte dem Glasputzerfisch und seinem blauen Freund vollkommen.
Wenn die Guppys in ihren eigenen Alpträumen platzten, sahen sie sich bestimmt als lauter kleine orangefarbene Fetzen durchs Aquarium schwimmen.

Auf dem Sofa neben Enni beschwor die Großmutter den lieben Gott und die Mutter Gottes. Danach blies sie die

Kerze aus und schlug ein Kreuz. Viermal antippen, und der liebe Gott war zufrieden. Ganz einfach war das bei der Großmutter.
Enni mußte manchmal auf dem Klo mindestens fünf Kreuze hintereinander schlagen. Wenn sie sich sehr schuldig fühlte, reichten auch fünf Kreuze nicht mehr aus.

Im Bett der Großmutter gab es keinen Graben. Bei ihr lag Enni zwischen der Wand und dem mächtigen Körper, und wenn sie die Füße der Großmutter berührte, spürte sie die Hornhaut. In und unter der Hornhaut hatte die Großmutter Hühneraugen und Stechwarzen und Überbeine, und eine Verwachsung hatte sie auch noch. Die Füße der Großmutter brauchten besondere Fürsorge, und besondere Schuhe brauchten sie auch. Einmal im Monat kam die Fußpflegerin und badete der Großmutter die Hühneraugen in der Hornhaut weich. Sie packte ihr Fußpflegebesteck aus, holte die Füße der Großmutter aus der Plastikwanne mit dem warmen milchigen Wasser und rieb sie trocken. Die Großmutter stöhnte. Die Krüppel waren an manchen Stellen sehr rot und an anderen Stellen sehr weiß. Sie waren aufgeweicht, sie hatten Falten bekommen unter Wasser, sie waren aufgedunsen wie Wasserleichen und warteten auf Rettung. Die Fußpflegerin rieb ihnen die dicke Haut, dabei dachte sie vielleicht an Elefanten, so wie Enni manchmal an Elefanten und an Nashörner dachte, wenn sie die Füße und Fußnägel der Großmutter betrachtete. Manchmal dachte Enni auch an die Fotos von den Blaufußtölpeln, den schönsten Vögeln, die sie je gesehen hatte. Es gab sie hier zu Hause nicht. Sie waren im Galapagos-

Buch auf der siebenundzwanzigsten Seite abgebildet. Ihre Füße sahen aus wie ein schöner klarer Himmel. Wenn die Blaufußtölpel durch den Himmel flogen, wurden sie fußlos.
Die Fußpflegerin schnitzte die Füße der Großmutter einmal pro Monat zurecht. Danach war dort, wo zuvor das Hühnerauge oder die Stechwarze gesteckt hatte , ein kleines oder größeres Loch. Ameisen konnten darin wohnen.

Ist das mein Opa, fragte Enni die Großmutter, oder ist er das oder das, fragte sie, wenn sie über der bunten Schachtel auf dem rosaroten Teppich saß und die vielen Fotos mit den vielen Männern betrachtete. Die schwarzbraunweißen Fotos sahen schön aus, wenn man sie nebeneinander auf den Fußboden legte. Auch die Männer sahen schön aus. Die meisten von ihnen trugen Anzüge und lachten.
Weil die Großmutter, wenn sie nicht betete, putzen wollte, gab sie darauf nie eine Antwort.
Wenn man die Menschen und die Dinge auf den Fotos auf den Fußboden schauen ließ, sah man nur noch weiße Rechtecke und Quadrate auf dem rosaroten Teppichboden liegen und konnte mit ihnen ein etwas schwierigeres Memory spielen.

Die Bibel roch nach nichts, das Gesangbuch roch nicht nach Gold, obwohl es so aussah, aber der liebe Gott roch ein wenig nach Weihrauch oder Salbei, ein wenig rauchig und seifig, vielleicht auch ein wenig alkoholisch, Enni wußte es nicht so genau. Weil der liebe Gott alles sah, sich

aber nie sehen ließ, weil er alles kontrollierte, aber nie kontrolliert werden konnte, weil man nirgends vor ihm sicher war, weil das Leben ohne ihn gefährlich und mit ihm schwierig war, wehrte Enni sich nicht und begann, unter den Anweisungen der Großmutter Vaterunser und Ave-Maria zu beten.
Die Großmutter saß in einer Schürze, breit und schwer, auf ihrem Sofa, hatte ein Kissen im Rücken, hielt die Hände über dem Bauch verschränkt und kontrollierte die Wörter.
Unter dem goldenen Christus am Kreuz kniete Enni auf dem rosaroten Teppichboden und betete zum Himmel, wo der liebe Gott auf einem Schimmel im Kreis ritt und mit dem Zeigefinger drohte. Enni öffnete die Augen: Der Himmel über dem rosaroten Teppichboden der Großmutter war weiß, und niemand ritt dort. Vater unser im Himmel, betete sie, und im Bauch erschien langsam die Wut. Die Wut kam, weil die Großmutter mit dem Rosenkranz in der Hand auf dem Sofa saß und kein Auge von ihr ließ und kein Ohr. Sie ließ den Rosenkranz durch die Hände wandern, er machte Geräusche. Wenn das Kreuz gegen das Eichenholz des Sofas klackte, erschrak Enni. Es war wie im Film, es war, als entsicherte die Großmutter einen Revolver. Enni hörte die Bonanza-Musik. Sie betete Vaterunser, bis sie den Drehwurm im Kopf bekam, bis sie nur noch in Vaterunser denken konnte, bis sie ihr eigener Chor war, bis die Vaterunser in ihrem Kopf zu einem mehrstimmigen Gesang wurden. Sie starrte den lieben Gott an. Am Kreuz sah er ungefährlich aus. Sie sah ihn am Himmel herumreiten, sie hörte die Hufe seines Pferdes, sie spürte sie, die

Hufe trabten über ihren Rücken, sie mußte sich nach vorne beugen.
Aufrecht, sagte die Großmutter, so betet man nicht. Fang noch einmal an, sagte sie. Enni kniete sich zurecht. Sie spannte die Oberschenkel an, machte aus dem Po zwei runde Kügelchen, und ihr Rücken wurde aufrecht. Sie begann von vorne. Gegen die Wut half das nicht, sie drängte sich in den Bauch, wanderte durch den Körper, in die Arme, in die Beine, wanderte, bis sie in den Füßen war.
In die Füße atmen, dachte Enni.

Die Mutter Gottes hing in einem silberfarbenen Metallrahmen neben JesusamKreuz. Sie hatte weniger gute Augen und Ohren als der liebe Gott. Sie war eher wie Mutter Teresa. Sie verzieh leichter. Sie verzieh, weil Enni eine unglückliche Seele war, ein dummes Kind. Sie war eine kleine Sünderin.
Manchmal bekam Enni vor Anstrengung beim Beten einen Schmerz, der sich vom Ohr über den Oberkiefer bis zum Schlüsselbein zog. Das geschah ihr recht, es war die Strafe für die Wut. Nicht aufgeben wegen des kleinen Schmerzes, dachte Enni, sie dachte an den Vater, der immer morgens um halb sechs, wenn es noch ganz still war im Haus, eine Stunde lang bewegungslos im Keller saß. Beim Sitzen trug er schwarze weiche Hosen und einen schwarzen Nickipullover, der schon ein wenig angenagt aussah am Hals. Er sah aus, als ob lauter kleine Mäuse rund um den Hals des Vaters gelaufen wären und dabei immer wieder am Ausschnitt haltgemacht hätten.
Der Vater saß in seinem kleinen Zimmer neben dem Büro

auf einer hellen Matte vor einem sehr großen dunklen Stein, in den ein großes schönes Schneckenhaus eingewachsen war, das eigentlich ein Nautilus war. Ein kleiner Buddha aus Holz und eine Kerze standen daneben. Enni durfte nicht zuschauen, wenn der Vater saß, niemand durfte dabei zuschauen, aber vom Vater kannte sie das Wort Meditation. Wegen des Nautilus wußte sie, daß auch die Schnecken einmal ungefähr so groß werden konnten wie ein erwachsenes Schwein.

Sie hatte kurz vor dem Zaun den linken Fuß anstelle des rechten zum Lenken benutzt. Weil sie sich fallen gelassen und dabei Joschi mitgerissen hatte, war glücklicherweise nur der Schlitten im Stacheldraht hängengeblieben.
Ennis Wange brannte. Joschi lag auf dem Bauch im Schnee. Er war zuerst ganz still, aber dann hörte sie ihn glucksen: Joschi lachte in den Schnee. Enni mußte auch lachen, aber Joschi hatte gar nicht wirklich gelacht. Er stand auf und rannte auf sie zu; er schlug ihr in den Bauch und die Seiten, lach nicht, lach nicht, hör auf, schrie er, und Enni sah, daß er weinte.
Joschi, sagte Enni, bitte, Joschi. Er hörte auf zu schlagen.
Tut dir etwas weh, fragte Enni.
Joschi hielt sich den rechten Arm. Vom Himmel fielen immer noch dicke Flocken.
Zeig mal, sagte Enni, aber Joschi wandte sich ab.
Enni nahm den Schlitten an der Schnur und faßte Joschi am linken Arm. Schau, sagte sie und zeigte in den Himmel. Sie legten den Kopf in den Nacken. Enni hielt die

Augen weit geöffnet und auch den Mund; wenn die Flokken im Mund nicht zu Wasser werden würden, nähme der Schnee ihr bald die Luft zum Atmen.
Mach mal den Mund auf, sagte sie zu Joschi. Dann fingen sie Schneeflocken wie Vögel Fliegen.

Das Kaninchen lag zu Hause schon im Schmortopf.
Ich habe Bauchweh, sagte Joschi.
Du hast bestimmt Hunger, sagte die Mutter.
Joschi erzählte nicht, daß sie am Baum hängengeblieben waren. Wir haben Zweige gestreift, sagte Enni, unterm Birnbaum, dabei rieb sie sich die Schramme im Gesicht.
Der Vater pinselte ihr einen orangefarbenen Streifen auf die Wange. Zur Desinfektion, sagte er.
Enni machte das Indianergeräusch.

Der Kopf vom Kaninchen war nicht mitgekocht worden, aber sehr viele schwarze Oliven lagen um den Kaninchenkörper herum, wie Kötel, viel zu große Kaninchenkötel.
Ich habe keinen Hunger, sagte Joschi, als sie sich an den Tisch gesetzt hatten. Er hielt sich den Bauch.
Ich bin schuld, sagte Enni, aber niemand hörte ihr zu.
Dann leg dich hin, sagte die Mutter.
Joschi stand auf und hinkte in sein Zimmer.
Er hinkt, sagte der Vater.
Enni hatte auch nicht viel Hunger, aber sie mußte Fleisch essen, damit sie Muskeln bekam. Das Muskelfleisch der Tiere verwandelte sich im Körper leicht in das Muskelfleisch des Menschen. Bauchmuskelfleisch in Bauchmus-

kelfleisch, Rückenmuskelfleisch in Rückenmuskelfleisch, Beinmuskelfleisch in Beinmuskelfleisch und so weiter, deshalb aß Enni am liebsten Hasenbein, Hühnerbein und Rinderhüfte.
Nach dem Essen lag Joschi auf dem Bett und weinte. Die Mutter setzte sich zu ihm.
Vom Kaninchen waren nur noch Knochen übrig und von den Oliven die Kerne. Auf Ennis Teller lagen die Kerne wie eine Perlenkette nebeneinander, sie hatten jetzt die richtige Kötelgröße.

Der Arzt wanderte mit den Fingerspitzen über Joschis Bauch, und an manchen Stellen hielt er an. Er drückte die Fingerspitzen in Joschis Bauch hinein, bis er aufschrie. Als er Joschis Bein auch noch in Joschis Bauch hineindrückte, brüllte Joschi.
Kein Zweifel, sagte der Arzt und füllte einen Papierbogen aus.
In die Tasche von Joschi wurden ein Schlafanzug, ein glattes Handtuch, eine Zahnbürste und der abgerubbelte Löwe gepackt. Wer sich einen Löwen im Bett hielt, mußte keine Angst haben, daß er in der Nacht schlechten Besuch bekam.
Enni sah zu und heulte.
Das ist doch nicht so schlimm, sagte der Vater, eine Blinddarmentzündung. Jetzt wird er operiert, und in ein paar Tagen geht es ihm wieder besser. Du weißt doch, wie die Narbe an meinem Bauch aussieht, sagte der Vater.
Stirbt Joschi jetzt, fragte Enni die Großmutter, nachdem die Eltern mit ihm weggefahren waren. Die Großmutter

hatte eine große lange Kerze angezündet, und der Rosenkranz glitt durch ihre Finger. Hoffen wir nicht, sagte die Großmutter, dann betete sie, bis das Sandmännchen eingeschaltet werden konnte.
In der Nacht mußte der Vater Enni festhalten, weil sie um sich schlug.
Vor dem Fieber hatte sie beschlossen, nie mehr Schlitten zu fahren an einem Sonntag, der ein erster Advent war, und nie mehr ein Kaninchen zu essen an einem solchen Tag.
Am nächsten Tag hatte sie immer noch Fieber und keinen Hunger.

Die Mutter roch nicht gut, als sie am Abend aus der Klinik zurückkam.
Morgen kannst du mitkommen, sagte sie zu Enni.
Enni hatte Angst vor irgend etwas und mochte nichts essen. Als sie unter dem Fenster lag und in den Himmel schaute, hatte sie das Gefühl, der undurchsichtige Himmel stürze auf sie herab. Schneeflocken fielen aus ihm heraus, und Enni dachte an die kleinen weißen Landschaften in den Glaskugeln. Dort geschah alles andersherum: Wenn man die Landschaft in der Kugel auf den Kopf stellte, flog Schnee auf wie Herbstlaub bei Wind, erst wenn man die Kugel wieder herumdrehte, fiel der Schnee vom Himmel.

Sogar mit geschlossenen Augen hätte Enni den Krankenhausgeruch erkannt. Er war schlimmer als der Gestank von toten Schnecken in Einmachgläsern und schlimmer als alles, was sich Enni vorstellen konnte. Sie hielt den Atem an

und legte die Hand vor die Nase und den Mund. Durch die Ritzen zwischen den Finger konnten sich die Erreger aus der Krankenhausluft nicht so leicht hindurchzwängen.
Jetzt nimm doch mal die Hand vom Mund, sagte die Mutter. Enni schaute sie von der Seite an, die Mutter sah ganz gesund aus, obwohl sie nun schon vier Nachmittage in diesem Krankenhaus zugebracht hatte. Enni nahm die Hand wieder weg, aber sie konnte hier nicht richtig atmen; sie schnappte nach Luft, dabei legte sie für einen Moment die Hand vor den Mund. Mit einem Mund voller Luft schaffte sie es fünfzehn Stufen weit. Es war aber kein Spiel.

Später wußte sie nicht mehr, wie es bei Joschi im Krankenhaus gewesen war. Nach dem Besuch im Krankenhaus riecht man schlecht, sagte Enni. Am Abend stellte sie sich unter die Dusche und rubbelte die Kopfhaut mit dem Ringelblumenshampoo zweimal ab, damit auch der Kopf wieder frei wurde von den Erregern. Die Mutter duschte sich nicht nach dem Besuch im Krankenhaus.
Joschi lacht viel mit dem Jungen im Nachbarbett, erzählte die Mutter beim Abendessen dem Vater.
Wenn Joschi lachte, war alles gut.
Ich zeig dir Sitzen, sagte der Vater zu Enni. Sie ging seit drei Tagen fast ausschließlich auf Zehenspitzen: Je weniger man den Boden berührte, desto näher war man dem Himmel.
Vor dem Einschlafen glaubte Enni zehn Vaterunser beten zu müssen, aber sie machte so viele Fehler, daß es am Ende mindestens zwanzig wurden.

So wie Mareike hatte sie schon immer fluchen wollen, die konnte das und hatte danach kein schlechtes Gewissen, die mußte nicht beten, sondern fluchte einfach noch einmal. Mareike wollte sein wie Pippi Langstrumpf, war sogar ein wenig wie sie und Ennis liebste Freundin. Am Anfang war Enni deshalb noch jeden Nachmittag den Hügel hinuntergefahren, die Dorfstraße entlang und am anderen Ende des Dorfes in die Senke hinab. Vom Ende des Dorfes aus sah sie das Bauernhaus, in dem sie gewohnt hatten, bevor sie in die Hütte gezogen waren; es lag, in der Senke mit dem Nebenhaus zusammen, eingebettet in grüne Wiesen, und Enni hätte sich nicht gewundert, wenn die beiden sich bewegt hätten, wenn sie geweidet hätten wie Kühe. Sie winkte den Häusern, wenn sie sie von oben sah, und trat in die Pedale.

Mareike stand mit diesen Jungs im Hof.

Was willst du, fragte sie, als Enni das letzte Mal da war.

Was will ich, hatte Enni überlegt. Sie schwieg.

Mareike schwieg auch.

Kann sie nicht sprechen, fragte einer der Jungs.

Mareike schwieg.

Enni schwieg auch. Sie hatte sich vorgestellt, daß sie mit Mareike wieder auf die Straßenlaterne klettern würde. So wie immer. Sie hatte sich Mareike vorgestellt, wie sie ganz oben hing, wie sie von dort das Wetter ansagte und wie wunderschön das klang: Bewölkung und Sonne und zwanzig Grad und Hoch und Tief, alles von der Laterne herab verkündet. So tolle Wörter sind das im Wetterbericht, sagte Mareike und sprang beim Gummihüpfen am höchsten. Enni sprang am schönsten.

Was sie wollte, war eine schwierige Frage. Sie setzte sich wieder auf ihr Fahrrad und fuhr Runden im Hof.
Das nervt, sagte Mareike, dann spuckte sie aus.
Die Jungs lachten.
Von der Hauptstraße aus sahen die Häuser in der Senke traurig aus.

Es gab die Möglichkeit, daß sich Kirschkerne, Olivenkerne und Haselnüsse in Körperöffnungen legten und diese verschlossen. Weil sie rund waren, kamen sie leicht von ihrem Weg ab und gerieten in den Blinddarm. Weil sie nicht mehr aus dem Blinddarm herauskamen, entzündete er sich, und ganz schnell geriet man in eine Katastrophe.
Enni sammelte die Haselnüsse unter dem Bett. Sie lutschte sie aus der Nußknackerschokolade heraus. Es war schön und gefährlich, die Nußknackerschokolade zu essen. Die Kirschkerne sammelte sie in der Schreibtischschublade. Einfach nur ausspucken ging nicht, weil man danach nicht sicher sein konnte, daß man tatsächlich ausgespuckt hatte.
Die Mutter fuhr mit Enni im kleinen grünen Auto zum Kinderarzt, als sie die Nüsse unter dem Bett fand.

Dein rechter Arm ist ganz, ganz schwer, sagte die Stimme neben Enni, dein rechter Arm ist ganz, ganz schwer.
Enni zuckte mit dem Bein, sie kniff das rechte Auge zusammen, machte das linke Auge auf und schaute auf die Kollegin des Kinderarztes, die noch strenger aussah als die Ballettlehrerin.

Augen zulassen, sagte sie, aber Enni hatte das Auge schon längst wieder zugemacht.
Sie spürte diese Frau neben sich sitzen, sie spürte ihren langen Körper so deutlich, wie sie im Sommer, in der heißen Sonne, einen kühlen Schatten spürte. Sie hörte die monotone Stimme immer das gleiche sagen. Sie machte die Augen auf und drehte den Kopf nur sehr wenig zur Seite.
Anja, mahnte die Frau, deren Name so kompliziert war, daß Enni sie nur Frau CZ nannte. Laß die Augen zu, und konzentriere dich auf deine Arme, sagte Frau CZ.
Enni machte die Augen zu, sie spürte, wie sich ihr Rücken flach an die braune Cordliege geschmiegt hatte, sie bemerkte den braunen dicken Cordstoff unter den Handflächen, der Zeigefinger ihrer rechten Hand wanderte über seine Wellen, er strich über die weichen Höhen und in die kleinen Tiefen. Die Augen wollten nicht geschlossen bleiben, sie blinzelten. Der Zimmerhimmel war weiß und sehr weit weg. An seinen Kanten schwang Stuck, er machte Wogen wie das Meer.
Dein linker Arm ist ganz, ganz schwer.
Sie versuchte, sich auf ihren linken Arm zu konzentrieren. Er lag neben ihrem Körper auf der braunen Cordliege, die linke Hand flach auf dem Stoff. Enni hatte das Gefühl, daß sie ihre linke Hand nicht mehr aufhalten konnte, sie machte, was sie wollte; es war wie mit ihren Füßen, die sich immerzu aufrichten wollten.
Sie spürte ihren linken Arm nicht mehr.
Deine beiden Arme sind ganz, ganz schwer.
Mein linker Arm ist weg, schrie Enni und setzte sich auf. Sie griff mit der rechten Hand an die Stelle, an der sie ihren

linken Arm vermutete, sie schaute ihrer rechten Hand zu, wie sie ihren linken Arm griff.

Frau CZ sah sie besorgt an: So etwas kann passieren, sagte sie.

So etwas passierte oft. In den Nächten wachte Enni auf und hatte das Gefühl, daß die wilden Kerle bis in ihre Hände und Füße vorgedrungen waren, daß ihre Hände riesig waren, riesige Hände an ihren ganz normalen Armen, riesige Füße an ihren dünnen Beinen. Füße und Hände, mit denen das Tanzen unmöglich war. Sie konnte sich nicht bewegen in der Nacht, ihr Körper war der einer häßlichen Kreatur: verformt, verzogen und ohne Kraft; sie war im Traum ein Monster geworden.

Anja, bitte, sagte Frau CZ, leg dich ganz entspannt hin, und nimm deine Arme ein bißchen weg von deinem Körper.

Enni wollte spüren, daß die Arme noch da waren, sie preßte die Arme gegen ihren Körper.

In der Nacht, wenn an ihren dünnen Armen die riesigen Hände hingen, wenn sie auf riesigen Füßen durch die Wohnung gehen und riesige Schritte machen mußte, damit ihre taucherflossengroßen Füße nicht aufeinandertraten, schrie sie, bis die Großmutter kam, bis sie das Gemurmel hörte, das Aquariumslicht sah und weinen konnte.

Sie schaute auf ihre Hände, schaute zu ihren Füßen hinunter, die in den dicken Wollsocken steckten. Die Großmutter hatte sie gestrickt; sie waren genauso hellblau wie Blaufußtölpelfüße. Einmal in der Woche kam Enni hierher, zog ihre Füße himmelblau an und legte sich auf die braune Couch.

Zu ihrem zehnten Geburtstag schenkte der Vater ihr einen Buddha, der größer war als ihr größter Pinienzapfen aus Frankreich. In ihrem Zimmer baute er eine Ballettstange ein; es war eine, mit der sie erwachsen werden konnte. Sie war verstellbar wie ein Stufenbarren, und die Stange war aus hartem, sehr glattem braunen Holz. Wenn Enni ihre Übungen machte, konnte sie sich dabei in der Zimmertür zusehen. Im Spiegel sah sie jedoch nur, was sie sowieso spürte, wenn sie an der Stange stand: Ihr Körper bewegte sich wie ein dehnbares Band oder viele, jede ihrer Bewegungen verband sich mit der nächsten, nichts stockte oder hörte auch nur für einen Moment auf.

Was ist der Unterschied zwischen Gott und dem Buddha, fragte Enni die Großmutter.

Der Buddha ist kein Gott, sagte die Großmutter.

Er ist schon eine Art Gott, sagte der Vater. Der Buddha ist für manche ein Gott auf Erden. Es ist schön, daß man ihn besuchen kann. Man kann ihn wirklich hören und mit ihm sprechen.

Als Enni zwei Tage später aus der Schule kam, hing in ihrem Zimmer ein kleines Holzkreuz neben dem Bett. Scheiße, schrie sie, sie warf die Schultasche gegen die Wand, daß es knallte. Was ist, rief die Mutter von unten.

Enni stürmte die Treppe hinab.

Jetzt hat sie ein Kreuz in meinem Zimmer aufgehängt.

Häng es halt ab, sagte die Mutter.

Das darfst du nicht einfach so tun, sagte Enni beim Mittagessen zur Großmutter, es ist mein Zimmer.

Die Großmutter sagte nichts.
Enni wollte das Kreuz nicht haben, aber wenn sie es abhängen würde, wäre der liebe Gott wütend, und es würde etwas passieren. Am Nachmittag stellte sie ihr Zimmer um. Sie rückte das Bett so um die Ecke, daß sie vom Kopfende aus auf die Ballettstange, die Matte und den Buddha schauen konnte. Das Kreuz hing nun in ihrem Rücken. Als sie an der Ballettstange stand, bemerkte sie, daß der Christus am Kreuz ihr zuschaute.
Scheiße, schrie Enni, aber dann weinte sie und betete. An diesem Tag betete Enni mindestens zwanzig Vaterunser.
Am nächsten Tag hängte der Vater für Enni das Kreuz ab. Ich habe mit dem Buddha gesprochen, sagte er, es passiert nichts.
Das Kreuz legten sie in Ennis Schrank.

Der Buddha stand nun beim Glasputzerfisch auf dem Schreibtisch. Bei den Schularbeiten sprach Enni mit beiden. Dem Glasputzerfisch erzählte sie von anderen Tieren und von draußen, Natur zu Natur, hatte sie entschieden; das Maul des Glasputzerfisches glitt innen über die Plexiglasscheibe, und Enni drückte ihre Nase von außen dagegen. Dem Buddha erzählte sie Menschensachen, seine Haltung war so aufmerksam und sein Gesicht so freundlich und konzentriert. Manchmal streichelte sie mit der Hand über den dicken bronzefarbenen Buddhakörper, er war rund und glatt, und die rechte Hand war gegen den Fußboden gerichtet, die Finger langgestreckt, spitz, sie erinnerten Enni an ihre Füße beim Tanzen. Sie streifte den Fingern des Buddhas entlang und landete auf ihren Schularbeiten. Die Hand zeigte auf eine Aufgabe im Mathematikbuch, aber die Aufgabe war eine Seite zu weit vorn und deshalb vielleicht zu schwer für sie. Aber es war nichts zu machen: Wenn die Hand des Buddhas darauf zeigte, mußte sie die Aufgabe lösen.

Zu einem Sportfest kommen 852 Sportler. Davon sind 263 aus Deutschland, doppelt so viele sind aus anderen Ländern Europas. Die übrigen Sportler kommen nicht aus europäischen Ländern. Wie viele Sportler kommen demnach aus den anderen europäischen Ländern, und wie viele Sportler kommen nicht aus Europa?

Der Buddha schaute streng. Enni überlegte, dann malte sie drei Kreise. In den ersten Kreis schrieb sie *263*, in den nächsten schrieb sie *doppelt so viele,* und in einen dritten Kreis malte sie ein Fragezeichen. Auf das Fragezeichen stellte sie den Buddha.

Manchmal passierte sehr schnell etwas im Kopf. Aufstehen half beim Denken, manchmal half es auch, sich und den Kopf kräftig zu schütteln, weil beim Schütteln die Gedanken neu geordnet wurden. Der Buddha wollte nicht, daß sie jetzt aufstand. Enni blieb auf dem Stuhl sitzen und schüttelte sich, dann rubbelte sie sich über die Haare. Achthundertzweiundfünfzig, sagte sie und schrieb es auf das Papier neben die Kreise. Nicht aus Europa, sagte sie und dachte an das Galapagos-Buch. Vielleicht waren die anderen Sportler Echsen. Sie stellte sich vor, wie die Echsen durch ein Stadion liefen, auf einer roten Aschenbahn herumkrochen, wie sie rot wurden am Bauch, und mußte kichern. Nicht aus Europa. Der Buddha schaute streng. Die Blaufußtölpel würden gar nicht landen in solch einem Stadion. *263 + 263* schrieb sie aufs Papier und rechnete. *526*

schrieb sie in den zweiten Kreis. Nicht aus Europa. Enni dachte an Afrika, an Amerika und an das Land, in dem der echte Buddha lebte. Sie dachte an die Sportsendungen, die sie mit der Mutter schaute. Die Aufgabe war nicht schwierig. Warum waren nur so wenige Sportler nicht aus Europa. *nichtauseuropa* schrieb Enni unter den Buddha, dann verrückte sie ihn so, daß seine Hand in den Kreis zeigte, und schrieb *63* darunter. Es war nicht gerecht, wenn nur so wenige Sportler nicht aus Europa kamen.
Enni hob den Buddha auf den Boden, stellte ihn neben die Stange und zog sich die Ballettschuhe an, die weiße Füße hießen, so wie der Kater. Es war ihr angenehm, die Schularbeiten und die Übungen in Gesellschaft zu machen.

Die Sommerferien, bevor das Droste begann, waren Windferien. Der Wind war kalt und das Meer auch, und deshalb fiel es nicht auf, wenn Joschi den ganzen Tag in langen Hosen und langarmigem T-Shirt am Strand in seiner Kuhle lag. Er las Mickymaus und Donald Duck, aber davon nur die Bücher, weil der Wind die dünnen Heftchen zu Fetzen machte. Enni lag neben ihm, las Fünf Freunde und wünschte sich auch einen Hund. Manchmal ging sie auf Schatzsuche und kam zurück mit Händen voller Muschelschneckenhäuser, mit bunten Steinen und Muscheln, die laufen konnten, weil in ihnen ein Krebs wohnte und so tat, als sei er eine Schnecke.
Der Vater und die Mutter lagen in ihren Kuhlen und lasen, und nur wenn Joschi sein Bad im Meer nehmen mußte, legten sie ihre Bücher weg, liefen ans Wasser und paßten

auf, daß die Wellen Joschi nicht wegspülten. Das machten sie so, seit Enni nicht gut genug aufgepaßt hatte. Wenn Enni Joschi besser im Blick behalten hätte, wäre er nicht aus seinem Schwimmreifen gerutscht, hätte er nicht erbrechen, nicht das viele Salzwasser ausspucken müssen, und er wäre nicht zur Beobachtung in die Klinik gekommen.
An diesem Tag hatte Enni verstanden, daß sich aus einer Sache immer eine andere ergab: Es war gefährlich, etwas zu tun, und es war gefährlich, etwas nicht zu tun.
Wir haben sie überfordert, hörte Enni vor dem Schlafengehen den Vater sagen, als sie im Ferienhaus unter dem Giebel lag und das Ohr an die Leiter hielt, die aus Stahlrohr war und den Giebel der alten Scheune mit dem Zwischengeschoß und dem Erdgeschoß verband. Sie hat doch gar nicht so viel Kraft, daß sie Joschi festhalten kann, wenn eine Welle kommt, sagte er.
Enni nahm das Ohr weg von der Leiter, zog sich die Bettdecke über den Kopf und betete Vaterunser, fünf Stück, ohne einen Fehler zu machen, ohne die Beine zu bewegen und die Füße, deshalb würde der liebe Gott sie nicht bestrafen.
In der Nacht las sie sich selbst die feuerrote Friederike vor; die hatte das Fliegen wirklich gelernt.

Die Sonne machte Zeichnungen auf ihre Haut, malte ihnen Badeanzüge, Badehosen und Bikinis, machte Streifen auf den Rücken oder Löcher. Nur auf Joschis Haut konnte die Sonne keine Badekleidung zeichnen, weil sonst seine dünne Haut verbrennen würde. Dafür bekam Joschi einen braunen Helm.

Weil die Großmutter zu Hause geblieben war, mußte Enni ihr Tagebuch nicht verstecken. Wenn sie am Morgen vor allen anderen aufwachte, freute sie sich, daß alles immer noch so dalag wie am Abend zuvor. Sie stieg die Leiter hinunter und holte sich aus der Küche Kekse oder Schokolade, dann stieg sie die Leiter wieder hinauf und begann zu schreiben. Daß das Meer gute und schlechte Sachen wegspülte, schrieb sie auch auf.

Das Droste war vier Stockwerke hoch, einen Straßenzug lang, und es war grau angestrichen. An der Hausfront prangte *Annette-von-Droste-Hülshoff-Gymnasium* in roten Buchstaben neben der Uhr, und jeden Morgen gingen mehr als tausendzweihundert Schüler daran vorbei, die meisten waren Mädchen. Im Gegensatz dazu waren die meisten Lehrer Männer und alt und sehr dünn oder dick. Sie rochen eigenartig süßlich oder etwas nach Mottenpulver, etwas abgestanden, trocken oder verdorrt, ein wenig nach Schweiß oder zum Schutz gegen die unangenehmen Ausdünstungen sehr nach irischem Frühling, Irisch Moos, Tabak oder 8x4. Sie waren streng und duldeten nicht, daß kleine Schnecken auf der Schulbank herumkrochen, auch wenn die Schnecken Namen hatten und schöner aussahen als irgendwelche anderen Dinge im Klassenzimmer.
Wenn Enni frühmorgens aus dem Haus ging, krochen häufig hundert oder mehr kleine Schnecken auf der Treppe herum, die in den Hof hinabführte, und Enni trug sie weg, damit niemand sie tottrat. Sie mußte es schaffen, alle Schnecken zu finden, die über die Treppen krochen, damit

nichts passierte. Weil zwischen den vielen kleinen Schnecken immer mindestens eine, aber manchmal auch zwei oder drei oder vier mit einer besonders schönen Zeichnung auf dem Haus waren, nahm Enni sie in einem Marmeladenglas mit in die Schule. Bis sie in der Schule ankamen, hatten die Schnecken Namen und brauchten frische Luft und manchmal etwas Auslauf.

Als Enni den Brief in ihrem Schulranzen nach Hause trug, achtete sie darauf, daß er nicht mit ihren Schulsachen in Berührung kam. Zu Hause zog sie den Brief mit der gleichen Hand, mit der sie ihn in die Tasche gesteckt hatte, wieder heraus und legte ihn auf die Tageszeitung.

Aber danach die Hände waschen, sagte sie zu ihrer Mutter.

Enni wusch sich die Hände dreimal; sie hatte Angst, daß die Pusteln im Gesicht von Herrn Kümmer sich zu einer ansteckenden Krankheit wie der Pest ausbreiteten.

Was ist das, fragte die Mutter.

Von Herrn Kümmer, sagte Enni.

Herr Kümmer war ihr Klassenlehrer und unterrichtete Latein. Er roch nach Irisch Moos, und seine Haut sah auch etwas grün aus. Er erzählte, daß Cäsar ein Held war, weil er Kriegsgerät benutzte, das seine Feinde nicht durchschauten, fahrende Türme zum Beispiel, die schießen konnten, wenn Enni das richtig verstanden hatte.

Die Hände waschen, sagte Enni zu den Eltern, nachdem beide den Brief gelesen hatten.

Warum sollen wir zu ihm kommen, fragte der Vater.

Die Hände waschen, schrie Enni.
Die Eltern hielten die Hände in der Küche gemeinsam unter das warme Wasser.
Mit Spüli, sagte Enni.
Der Vater schüttelte den Kopf, die Mutter nahm das Spüli und spritzte dem Vater einen grünen Tropfen in die Hand und danach sich selbst auch.
Enni schaute zu, wie die Hände des Vaters und die der Mutter sich unter dem Wasserhahn bewegten, sich gegenseitig rieben, sich für einen Moment festhielten und wieder losließen und wie das blasige Wasser schließlich in die Spüle lief. Die Hände dachten nach.
Was will dein Lehrer von uns, fragte der Vater beim Mittagessen noch einmal.
Weiß auch nicht, sagte Enni, vielleicht wegen der Schnekken.
Geht das schon wieder los, sagte die Mutter, kannst du das nicht mal seinlassen, fragte sie.
Enni schwieg. Seinlassen ging nicht, aber das würden sie sowieso nicht verstehen.

Aus Pappe sah das Droste gar nicht so häßlich aus wie in Wirklichkeit. Es war viereckig und viergeschossig und grau, aber weil Enni in den Hof bunte Blumen und Tiere gemalt hatte, sah es schöner aus als das echte Droste. Wir malen ihm eine Flagge, sagte der Vater und malte eine schöne Dame auf ein Stück Papier. Die Droste-Dame klebten sie an ein Mikadostäbchen und stellten sie der Pappschule aufs Flachdach. Wenigstens die schöne

Dame konnte nun von der Schule aus in den Himmel schauen.

Sarah war am Droste ihre beste Freundin geworden, und dienstags nach dem Sportunterricht gingen sie zusammen zur Ballettschule. Sarah wußte, daß sie vor dem Tanzen noch das Schneckenglas von Enni aus dem Fahrradkeller holen mußten, weil die Schnecken es dort schön kühl und dunkel hatten. Enni drohte Schulausschluß, wenn die Schnecken mit in den Unterricht kamen.

Als das Knie zu schmerzen begann und nicht mehr damit aufhörte, sagte der Arzt: Wachstumsstörungen. Sie ist viel zu schnell gewachsen.
Enni war fast zwanzig Zentimeter größer als alle anderen in ihrer Schulklasse und als die anderen Mädchen in ihrer Ballettklasse, die nun nicht mehr Häschenklasse hieß.
Sechs Wochen nicht tanzen, sagte der Kinderarzt.
Enni sagte nichts, aber nicht tanzen ging nicht, das sagten auch ihre Füße.
Sie verließ die Arztpraxis zusammen mit ihrer Mutter, und schon in der Tür war sie wieder fünf Zentimeter größer geworden.
Dann geh ich zuschauen, sagte sie vor der Tür der Arztpraxis, und die Mutter sagte nichts.
Offiziell ging Enni nun als Zuschauerin in die Namenlosklasse, inoffiziell biß sie die Zähne zusammen, bemühte sich, leicht zu sein, und tanzte mit Bandage. Sie fühlte sich immer noch wie ein Häschen. Die Mutter hatte vergessen,

der Ballettlehrerin etwas zu sagen, und Enni sagte nur, daß es manchmal ein wenig schmerzte im Knie.

Die Mutter und Joschi fuhren wieder zu den Spezialisten, weil Joschi nun auch rote Platten und Schuppen zwischen den Fingern und den Zehen bekommen hatte, und der Kinderarzt vermutete, daß ihm ein Pilz wuchs. Seither versuchte Enni, Joschi nicht mehr zu berühren. Es könnte sein, daß Joschis Körper giftig war.

Die Knie taten weh, wenn Enni die Pirouetten in den Spitzenschuhen tanzte, aber dafür ging die Angst weg. Die Angst vor Gift und vor dem Verschlucken von allem, was rund war, die Angst vor den Krankheiten und dem lieben Gott, vor dem Tod der Eltern, der Großmutter und dem Tod Joschis, oder daß sie selbst am nächsten Tag nicht mehr aufwachte. Ennis Füße tanzten die Angst aus Ennis Kopf.

Die Sprossenleiter in der Kletterhalle hatte neunundzwanzig Sprossen. Wenn sie fünfmal schnell hinauf- und fünfmal schnell hinunterkletterte, konnte sie achtundfünfzigmal Radrennfahrer sagen. Versprechen durfte sie sich nicht, sonst mußte sie dreimal die Wand mit der Nase berühren. Das Kletterseil bis unter die Hallendecke war zweiunddreißig Radrennfahrer lang. Die Kletterwand hatte neunzehn Griffe, an denen sie das Wort sagen mußte. Sie war die Schnellste beim Klettern. Sie mußte die Schnellste sein.
Bei siebzehn war sie gefallen. Sie hatte mit einer Hand ein-

fach ins Leere gegriffen, als sie die Beine schon gelockert hatte, und dann war es geschehen. Sie lag auf der Matte unterm Seil auf dem Rücken, schnappte nach Luft, und als die Luft kam, schrie sie. Nicht weil sie Schmerzen hatte, nicht weil ihr die Knie so weh taten und das Atmen, sondern weil nun die Großmutter sterben würde. Sie schrie, und immer wieder mußte sie das Wort sagen, obwohl sie wußte, daß es bereits zu spät war. Als sie den Boden berührt hatte, war es schon zu spät.

Tut dir etwas weh, fragte die Lehrerin, die Enni nicht mochte, weil es Marlies war, mit der der Vater nicht nur plauderte, während Enni den kleinen Uhu in den Wind ließ. Marlies, die hier für alle Frau Schorpp hieß, beugte sich über sie, und Enni sagte nur ganz leise: Und ich bin schuld.

Kannst du aufstehen, fragte Frau Schorpp und berührte Enni am Arm. Enni nickte, sie sagte: Radrennfahrer.

Was ist das mit dem Radrennfahrer, fragte Marlies Enni, und ihre Stimme klang dabei sehr vertraulich.

Lassen Sie sie, sagte Sarah, das hat sie manchmal.

Soll ich deine Mutter anrufen, fragte Frau Schorpp. Enni weinte nicht mehr.

Meinen Vater, sagte Enni.

Ich ruf deine Mutter an, sagte Frau Schorpp.

Meinen Vater, sagte Enni, Mama ist unterwegs.

In der Nacht schaute Enni auf das Orange der Guppys im Aquarium. Neben ihr murmelte die Großmutter.

Die Mutter mochte Frau Schorpp nicht. Eine Zicke, sagte sie.

Der Vater sagte nichts.
Enni fand sie auch nicht so nett, sie schleimte sich nur bei ihr ein, und außerdem wußte Enni nie, ob sie sie nun Marlies oder Frau Schorpp nennen sollte.
Einmal stand Frau Schorpp an einem Sonntagnachmittag vor dem Kino, die Hände in den Taschen ihrer Daunenjacke versteckt, die Nase Richtung Himmel, und Enni sah, daß sie so tat, als schaue sie interessiert in die kleinen Lichterketten über der Straße. Enni saß im Auto, und die Lichterketten waren ausgeschaltet, weil heller Tag war. Der Vater winkte Marlies vom Auto aus zu, und Marlies winkte zurück, obwohl sie doch eigentlich in die Lichterketten schaute.
Da steht Marlies, sagte der Vater. Soll sie mit uns in den Film kommen, was meinst du, fragte er, vielleicht hat sie Zeit.
Wer so vor dem Kino stand, hatte Zeit, das sah man von weitem.
Im Kino saß Marlies rechts vom Vater und lachte laut über Louis de Funès, und Enni saß links vom Vater und lachte nicht. Der Vater war unglücklich. Wenn Enni nicht lachte, war er immer unglücklich. Normalerweise lachte Enni bei solchen Filmen sehr.
Schöner Zufall, sagte der Vater nach dem Kino und nahm Marlies kurz in den Arm.
Ja, sagte Marlies, tschüs, Enni, sagte sie.
Enni schaute zwischen den Lichterketten in den Himmel. Die Lichterketten teilten den Mond in kleine Stücke.

Obwohl ihre Brüste schon kleine Spitzen hatten, sollte Enni den Prinzen in den Szenen aus dem Nußknacker tanzen.
Die kleinen Spitzen sahen so ähnlich aus wie die Sahnehäubchen auf der Schwarzwälder Kirschtorte. Enni trug ein sehr enges Trikot unter ihrer Prinzenuniform, und vor dem Spiegel vergewisserte sie sich, daß man die Sahnehäubchen wirklich kaum sah. Wegen der Frisur aus Paris und weil sie die Größte in der Klasse war, hatte sie diese Rolle bekommen. Enni wäre lieber die arabische Tänzerin gewesen: Sie war es, die die akrobatischen Übungen machen durfte und mehrere Spagate, sie durfte zur allerschönsten Musik aus dem Nußknacker tanzen.
Aber du bist doch der Prinz, das ist eine Ehre, sagte die Ballettlehrerin, und daß arabische Tänzerinnen lange Haare haben müßten und viel Grazie.
Jeden Nachmittag hörte Enni nun zusammen mit dem Buddha und dem Glasputzerfisch in ihrem Zimmer Tschaikowsky, und dabei machte sie die Übungen. Danach legte sie sich mit Tschaikowsky unters offene Dachfenster. Weil schon fast Sommer war, trieben nur an manchen Tagen Wolken. An den anderen Tagen atmete Enni das klare Blau ein. Von der Nußknackermusik mußte sie lachen.

Der Besuch bei den Nachbarn war nicht nur wegen der zwei Meerschweinchen, die er mitgebracht hatte, nett. Er konnte auch genausogut Rollschuh laufen wie sie, hatte blonde Haare, die lockig waren, und spuckte nicht auf den Boden. Schon nach einer Woche fuhr Enni mit Daniel auf

Rollschuhen durchs Dorf auf die Wiese, wo sie zuerst die Rollschuhe auszogen und dann alles andere. Nebeneinander legten sie sich ins hohe Gras. Sie schauten sich an, bei Enni im Bauch kribbelte es, und die Härchen an den Armen und den Beinen stellten sich auf. Manchmal küßten sie sich auf den Mund, und Daniels Lippen waren spröde und trocken und rochen nach Heu; sie rieben die Lippen aneinander wie die Paare in den Liebesfilmen, aber mit den Körpern versuchten sie sich sowenig wie nur möglich zu berühren, weil Enni Angst hatte, daß sonst etwas passierte, und Daniel glaubte, daß es sein könnte, daß sie davon ihre Tage bekäme. Ennis Mutter würde bemerken, daß er sie geküßt hatte. Deshalb drückten sie nur ihre Münder fest aufeinander, aber wenn sie sie zufällig gleichzeitig öffneten, erschauderten sie an der Begegnung der weichen Zungen und wichen zurück; doch die Augen schauten sich alles an.

In der Nacht träumte Enni von den Terroristen, die sie mit Daniel auf dem Poster am Rathaus manchmal betrachtete, und daß diese sie anfaßten, überall am Körper, und nicht mehr losließen, und sie schrie und hatte Angst, und die Großmutter zündete eine Kerze an.

Am Tag darauf traf sie wieder Daniel, fuhr mit ihm zum Rathaus, schaute sich die Fotos an, merkte sich die Gesichter und die Namen. Dann fuhren sie weiter, an der Kirche vorbei, die Straße entlang bis zur Wiese.

Die Terroristen tun dir doch nichts, sagte der Vater beim Abendessen.

Warum mir nicht, fragte Enni.
Weil du nicht wichtig genug bist für sie, sagte er, sie suchen sich schon die Richtigen aus.
Bernd, sagte die Mutter, du tust so, als ob du das gut fändest.
Nein, nein, sagte der Vater, aber, sagte er.
Nichts aber, sagte die Mutter.
Auge um Auge, Zahn um Zahn, sagte die Großmutter; dazu machte sie mit der flachen Hand eine unzweideutige Bewegung am Kehlkopf entlang.

In den Tagen, bevor das Blut aus ihr herausfloß wie Milch aus einer lecken Milchtüte, war sie von niemandem geküßt worden und erst recht nicht berührt. Es war Winter, und draußen lag Schnee, als eines Morgens das Bett einen sehr roten Fleck hatte, als das Nachthemd und die Unterhose rot waren und der Bauch weh tat. Sie setzte sich im Bett auf und fragte sich, wie sie so blutig aus dem Zimmer kommen sollte, ohne daß sie der Großmutter begegnete; es fiel ihr das Märchen ein vom Schneewittchen und den Blutstropfen im Schnee. Das Bett mußte wieder unbefleckt werden, weil die Großmutter sonst noch mehr von ihr wußte. Die Großmutter durfte das nicht sehen.
Der Himmel war noch dunkel am Morgen um halb sieben, er war ein schmaler Streifen an der oberen Kante des Dachfensters. Der Resthimmel war weiß und sah kalt aus. Enni stand auf, strich dem Buddha über den Rücken und zog die blutigen Sachen aus. Sie hätte gerne geschaut, wo das Blut herkam, sie hätte sich gerne angefaßt, um

zu spüren, wo es herkam, aber das ging nicht, nicht hier, sie hatte Angst davor, daß die Tür sich öffnete und die Großmutter dastand; sie ließ es sein, sie traute sich nicht. Im frischen Slip stopfte sie sich Tempotaschentücher zwischen die Beine. Sie fühlte sich schlecht. Mit dem blutigen Nachthemd und dem blutigen Slip in der Hand stieg sie die Treppe hinunter und begegnete der Großmutter nicht.

Vor der Waschmaschine liegen blutige Sachen, sagte sie zur Mutter. Sie sagte es so, weil sie nicht wußte, wie sie es sonst hätte sagen sollen.

Komm, sagte die Mutter und nahm sie an der Hand, jetzt ist es soweit, und sie gingen ins Bad.

Mein Bett ist ganz voll, sagte Enni, Oma soll das nicht sehen.

Die Mutter strich ihr sehr liebevoll über das Haar, ich mach das, sagte sie.

Enni schloß zum ersten Mal das Bad ab. Seit sie aufs Droste ging, stand der Vater morgens fast gleichzeitig mit ihr im Bad, und nebeneinander wuschen sie sich, sprachen kein Wort, und der Vater dachte wahrscheinlich an seine Meditation oder den Buddha, und sie selbst dachte an gar nichts, wenigstens glaubte sie das.

Heute rüttelte der Vater an der Badezimmertür. Enni schwieg, als er ihren Namen rief. Sie war nicht da.

Was ist los, fragte er.

Sie hörte die Mutter im Hintergrund und war froh; die Mutter sollte es sagen. Was hätte sie sagen sollen und warum. Ob ihr das gefiel, daß sie nun auch ihre Tage hatte? Es gefiel ihr eher nicht, obwohl sie auch ein bißchen stolz war,

weil sie in ihrer Klasse nun zu denen gehören würde, die sie schon hatten.
Als sie die Badezimmertür vorsichtig öffnete, um zu schauen, ob da noch jemand war, hörte sie den Vater nicht und verließ leise das Bad. Sie fühlte sich schuldig, aber sie wußte nicht, warum. Sie schlich so, wie es eine Katze tat.
In ihrem Zimmer war das Bett abgezogen, aber noch nicht wieder frisch bezogen. Die Großmutter würde es sehen, weil die Matratze einen sehr großen Fleck bekommen hatte.
Auch die Sahnehäubchen waren inzwischen nicht mehr zu verbergen, nicht einmal unter drei engen Trikots.
Sie schloß die Tür ihres Zimmers ab, als sie in die Schule ging, den Schlüssel gab sie der Mutter.

Man hat keine Geheimnisse in der Familie, sagte die Großmutter beim Mittagessen, und dann schwieg sie.
Aha, sagte die Mutter, das sagst du.
Die Großmutter schaute auf den Teller und faltete die Hände.
Beten war am Tisch nicht erlaubt.
Wir haben kein gemeinsames Gebet, hatte der Vater einmal gesagt.
Beten ist am Tisch nicht erlaubt, sagte Enni.
Die Hände der Großmutter blieben gefaltet.
Beten ist am Tisch nicht erlaubt, wiederholte Joschi.
Die Großmutter stand vom Tisch auf. Joschi ließ die Gabel baumeln, was ein gleichmäßiges Dingdinggeräusch am Tellerrand erzeugte. Der Vater schnitt die Hühnerbrüstchen in Scheiben. Enni sagte nichts.

Ich habe dir das Bett frisch bezogen, sagte die Mutter.
Beten ist doch am Tisch nicht erlaubt, Papa, oder, fragte Joschi und machte weiter sein Dingdinggeräusch.
Die Hühnerbrüstchen waren sehr zart.

Drei Tage sprachen die Mutter und die Großmutter nicht mehr miteinander. Mit Enni sprach die Großmutter auch nicht mehr. Zweimal am Tag ging die Großmutter jetzt in die Kirche.
Wegbeten nennt man das, sagte der Vater, wie Warzen.

Als das erste Bravoheft verschwunden war, dachte sie, sie hätte es auf dem Nachhauseweg in der Bahn liegenlassen. Als das zweite verschwunden war, konnte sie sich das nicht erklären, als das dritte nicht mehr unter den Heften in der Schreibtischschublade lag, fühlte sie sich ertappt und schuldig. Beim vierten fühlte sie sich auch schuldig, aber sie wußte mehr. Als die Großmutter wegfuhr, um zu beten, durchsuchte Enni deren Kleiderschrank, aber die Hefte waren nirgends zu finden. Enni wußte trotzdem, daß die Großmutter die Hefte genommen hatte, aber es hatte keinen Sinn, danach zu fragen. Die Großmutter trug ein Frageverbot im Gesicht. Es lag dort wie ein Mahnmal. Wenn man die Großmutter etwas fragte, wurde ihr Mund zu einem schmalen Streifen, ein liegendes Ausrufezeichen. Schnurgerade. Rechts und links davon bildeten sich in der Haut zwei Höhlen wie Punkte. Das Ausrufezeichen konnte von rechts nach links und von links nach rechts gelesen werden. Es strich alles durch.

Manchmal fand Enni in ihren Taschen kleine Mutter-Gottes-Bildchen. Manchmal standen unter den Bildchen Sprüche, die sie lieber nicht las. Manchmal roch sie Weihrauch an ihren Kleidern und wußte nicht, woher das kam. Manchmal roch ihr ganzer Kleiderschrank danach. Die Großmutter war überall. Sie saß in ihren Taschen und in ihren Kleidern, sie war immer dabei.

Der Buddha stand plötzlich bei den Kleidern im Schrank, aber die Großmutter wollte ihn nicht dorthin geräumt haben. Der Glasputzerfisch konnte leider nicht sprechen.

Enni bekam ein schlechtes Gewissen, wenn sie ihr Zimmer verschloß, deshalb tat sie es nur selten. Ihr Tagebuch trug sie meistens bei sich, aber auch an das Tagebuch schaffte es die Großmutter immer wieder. Es fehlte häufig das Haar, das Enni zwischen die letzte und die vorletzte beschriebene Seite gelegt hatte. Das mit dem Haar war nicht zu beweisen. Das geschah öfter.

Schreib in Geheimschrift, sagte Sarah.

Enni machte viele Vokale zwischen die Konsonanten, aber dadurch veränderte sich alles. Es veränderten sich die Wörter und die Dinge. Es war sowieso nichts mehr so, wie es eigentlich war, wenn es aufgeschrieben wurde. Aber mit den Buchstaben, die zuviel waren, wurde erst recht alles anders. Traurig war in Wirklichkeit eben traurig und nicht taraaauaraiaga oder toroaouoroiog. Traurig war kein Spiel.

Der Geheimstift, den Sarah ihr geschenkt hatte, machte die Schrift unsichtbar, doch Enni wollte sehen, was sie geschrieben hatte, schwarz auf weiß und nicht weiß auf weiß. Sie versteckte ihr Tagebuch hinter dem Schrank, doch

eines Tages lag das Tagebuch neben dem Glasputzerfisch auf dem Schreibtisch.
Ich habe es gefunden, beim Putzen, sagte die Großmutter. Es war nicht die Aufgabe der Großmutter, Ennis Zimmer zu putzen, und den schmalen Spalt hinter dem Schrank mußte man sowieso nicht putzen. Eigentlich wurde immer freitags von Frau Meinhard geputzt.

Aus dem Schrank der Großmutter entfernte Enni nun nach und nach die Schokolade. Täglich eine Tafel, aber der Vorrat wurde nicht weniger. Es blieben immer ungefähr gleich viele Tafeln im Kleiderschrank, und die Großmutter sagte nichts. Als Enni alle acht Tafeln, die im Schrank lagen, auf einmal entfernte, sah sie den Ärger kommen. Sie freute sich sogar auf den Ärger, eins zu eins, dachte sie und wartete darauf, die Großmutter am Abend zu sehen. Beim Abendbrot passierte nichts. Die Großmutter setzte sich an den Tisch, schmierte Butter auf ihre Schwarzbrotscheibe und legte Schinkenwurst darauf. Sie teilte das Schwarzbrot in zwei Teile und aß beide Teile nacheinander aus der Hand. Dazu aß sie Gürkchen. Danach aß sie eine Tomate und redete weiterhin nichts. Alles war wie immer.
Danke, sagte sie, wenn ihr jemand etwas über den Tisch reichte. Sie trank zwei Tassen Früchtetee wie jeden Abend, sie schaute Enni nicht an und die Mutter auch nicht. Joschi strich sie übers Haar. Nach dem Abendbrot geschah auch nichts.
Enni betete im Bett viele Vaterunser.
Am nächsten Morgen legte sie die acht Tafeln Schokolade im Droste in der Schulkapelle neben den Altar und betete

ein Turbovaterunser, damit niemand bemerkte, daß sie betete. Jemand sollte wenigstens etwas von der Schokolade haben, sie wollte nichts mehr damit zu tun haben.
Als die Großmutter am Abend bei der Messe war, lagen wieder acht Tafeln im Schrank. Enni fühlte sich schlecht, sie fühlte sich schuldig und war müde. Sie hatte verloren. Die Schokolade ließ sie, wo sie war. Ihr Tagebuch verlor weiterhin die Haare zwischen den Seiten.

In ihrem Zimmer schaute sie in den Abendhimmel. Wenn sie den Kopf zur rechten Seite fallenließ, konnte sie außer dem Himmel auch das Poster mit dem Mädchen sehen, das am Fenster stand und nach draußen schaute. Das Mädchen trug ein Tanzkleid und sah sehr romantisch aus. Enni vermutete, daß es an den langen blonden Haaren lag. Blonde Mädchen wirkten meistens sehr zerbrechlich und so fein. Es war ein verschwommenes Foto in Pastellfarben mit viel Taubenblau. Es war ein wenig so, wie man sich die schönen Träume vorstellte, aber sie nie träumte.
Enni bemerkte, daß sie traurig geworden war; ein wehmütiges Gefühl hatte sich ausgebreitet in ihrem Kopf und in ihrem Körper, deshalb öffnete sie das Fenster. Sie atmete die frische Luft ein, aber die Traurigkeit verschwand nicht. Sie ließ den Kopf nach links fallen und sah die Ballettstange, die sehr in die Höhe gewachsen war in den letzten Monaten; ihr sah man die Arbeit an. Dort, wo Enni die Hände aufsetzte, dort, wo ihr Fuß und ihr Bein entlangstrichen, wenn sie ihre Übungen machte, war das Holz dunkler geworden.
Sie rollte sich auf den Bauch, zog die Knie an den Körper

heran, wurde zu einer kleinen runden Kugel und aus der Kugel, heraus schob sie ihren Körper in den Handstand. Enni stand aufrecht mit durchgedrücktem Rücken, schwankte nicht, stand auf Händen wie andere auf Füßen, und mit den Fußspitzen bohrte sie ein Loch in den Himmel.

2

Seine Maschinen und Figuren waren aus Schrott und bunten Federn und Fäden, und es waren keine Maschinen, und es waren keine Figuren, nicht Mensch, nicht Tier, es waren Tänze von Dingen, Tänze mit Gegenständen, es waren Flüge in eine Welt, die Enni aus ihrem Körper kannte, aus ihrem Kopf, aus dem Himmel über ihrem Dachfenster.
Sie strich durch die Ausstellung, sah Schneckenhäuser aus dünnem Blech, dachte, daß der, der diese Dinge hier baute, verstehen würde, wie sie tanzen wollte und für wen. Sie sah den Vater von weitem, bemerkte, wie er sie immer wieder zufrieden anschaute und daß er wußte, was für eine Freude er ihr gemacht hatte zu ihrem vierzehnten Geburtstag. Sie dachte über Namen nach und daß sein Name so klang wie seine Figuren, daß er genauso klingelte wie dieser komische Vogel, wenn er sich bewegte, dieser Vogel, der einer von den Balubas war, aber weniger laut als die anderen.
Tin-gue-ly sprach Enni vor sich hin, hörte Glocken und hörte die Dampfmaschine, die immer sonntags von ihrem kleinen Bahnhof aus in die Stadt und wieder zurück fuhr, hörte sich auf der Mundharmonika spielen oder den Vater, hörte Tschaikowsky und wurde fünf Zentimeter größer.

Sie sah Tinguely aus neuer Höhe, tanzte auf Zehenspitzen um die Balubas herum, Nußknackermusik im Ohr, und sagte Tin-gue-ly. Tin-gue-ly, das war kein Name, das war eine ganze Landschaft aus Blech und Bewegung, in der es manchmal Höllenlärm gab und dann wieder feines Klippern, Knarren, Kratzen und Reiben; das waren Windmühlen im Kopf, die ihre Flügel so präzise bewegten wie Enni ihre Beine bei den Pirouetten, das war wie im Don Quixote die Rosinante, und warum es so war, wußte sie nicht, aber daß es so war, war sicher.

Auf der Parkbank vor dem Museum schmeckte der Käse besser als zu Hause und das Brot auch.
So machten wir das früher, sagte der Vater, mit Mama, sagte er, als ich noch studiert habe, unterwegs nur Tomaten und Käse und Brot und Wein, und daß der Tinguely schon ein Kerl war, als er sich als junger Mann einfach aufmachte, um Mussolini zu töten, das war schon ein Ding, sagte der Vater.
So mach ich das auch mal, sagte Enni und meinte den Käse und den Wein, und wer Mussolini war, interessierte sie in diesem Moment nicht so sehr.
Sie war froh, daß sie nicht wieder zufällig Marlies getroffen hatten, daß Marlies nicht zufällig auch die Ausstellung anschauen wollte, und so ein Wochenende eignet sich ja gut dafür, nicht wahr, hätte Marlies gesagt, und die Augen des Vaters hätten geleuchtet, und sein Arm hätte sich flüchtig um ihre Taille gelegt, und vielleicht wäre auch noch mehr zu sehen gewesen. Enni wollte das alles gar nicht sehen. Es war schön, daß sie zu zweit auf der Bank saßen und der Va-

ter von der Mutter sprach, weil sie dann wieder glaubte, daß er die Mutter noch liebte oder immer noch mehr liebte als Marlies, auch wenn sie manchmal ganz zufällig bei ihm im Büro war, wenn Enni aus der Schule kam und die Mutter noch in der Praxis den Menschen die Arme, die Beine und den Rücken beugte und streckte. Manchmal kam Marlies dann gerade auf Strümpfen mit dem Vater vom Buddha. Wir haben meditiert, sagte der Vater, aber Enni wußte, daß der Buddha mehr wußte.

Es war nicht schön, daß der Vater mit Enni über Jungs sprechen wollte, denn sie wollte mit dem Vater nicht darüber sprechen. Er redete vom Küssen und vom Kino, sagte, früher, als ich deine Mutter kennengelernt habe, sagte, sei vorsichtig, alles geht so schnell, die Jungs wollen immer nur, ja, sagte Enni, sie wollte, daß er still war. Sie ging neben ihm her.

Hast du dich schon mal verliebt, fragte der Vater.

Enni schaute ins Wasser. Menschen schwammen darin, eigentlich lagen sie darin, ließen sich treiben und trieben schnell an ihnen vorbei, waren wie Punkte, kleine kreischende, quiekende Punkte im schnellen Wasser.

Schau, sagte sie und blieb stehen, sie hatte auch Lust zu baden, aber wie ohne Badeanzug, und außerdem wollte sie sich nicht zeigen; nicht dem Vater, der wollte zur Zeit zuviel wissen, er sah zuviel.

Sie steigen dort oben ins Wasser, lassen sich treiben und klettern dort unten wieder heraus, sagte der Vater, willst du auch, komm, sagte er, ich möchte gerne.

Nein, sagte Enni. Es ist gefährlich.

Dann geh ich alleine, sagte er.
Sie liefen den Fluß entlang, bis zu der Stelle, an der alle ins Wasser stiegen.
Ist das gefährlich, fragte der Vater einen anderen Mann.
Der Mann schüttelte den Kopf, bleiben Sie ufernah, und nicht zu nah an die Brückenpfeiler beim Bachabbaden.
«Bachabbaden» war ein schönes Wort, es lenkte Enni für einen Moment ab, aber dann schämte sie sich für den Vater: Du hast doch gar keine Badehose dabei, sagte sie.
Der Vater lachte, Enni schaute weg, warum genierst du dich eigentlich so, fragte er.
Er verstand nichts; laß mich, sagte Enni.
Paß auf die Sachen auf, sagte er und stieg in Unterhose mit dem anderen Mann ins Wasser.
Enni setzte sich ans Flußufer. Was hieß schon verliebt; alle redeten davon, alle benutzten das Wort so, als passierte das dauernd. Immerzu war jemand in jemanden verliebt. Sie wüßte gerne einmal, was das eigentlich bedeutete. Daniel gefiel ihr, der Junge aus dem Zug gefiel ihr, der neue Englischlehrer gefiel ihr und Tommi Ohrner auch, weil er so schöne Locken hatte und wegen der Stimme. Der neue Englischlehrer gefiel allen, weil er anders war. Er war traurig, immerzu traurig, oder wenigstens sah er so aus; er zweifelte an der Welt. Er kam aus Berlin. Moloch, sagte er, man geht leicht unter. Er trug eine abgeschabte alte Ledertasche lässig über der Schulter, spielte auf dem Plattenspieler Lieder von Simon and Garfunkel vor, Lieder von RalphMcTell und Cat Stevens, er machte ein wehmütiges Gesicht und steckte die Hände in die Taschen seiner Cordhosen. Er hieß Rosenfeld, roch besser als die anderen Leh-

rer, roch nach etwas, das Enni und Sarah nicht kannten, wanderte durch die sechste Schulstunde, in der gewöhnlich alle müde waren, wie ein Tier hinter Gittern oder hinterm Zaun, immer die gleiche Strecke, vom Fenster zur Tür, an der grünen Tafel vorbei und wieder zurück, zog seinen guten Duft hinter sich her, und alle schauten ihm dabei zu. Er spielte «Bridge over troubled water» auf dem Plattenspieler vor, schaute aus dem Fenster, ließ es noch einmal spielen, wenn es zu Ende war, wanderte wieder zum Fenster und zurück, um es noch einmal hören zu lassen, und seine Hände sanken immer tiefer in seine Hosentaschen.
Wer hat etwas verstanden, fragte er nach dem dritten Mal, seine Augen wanderten durch die Reihen, waren sehr grün und sahen, daß alle etwas verstanden hatten, so viele Finger wie bei ihm gingen sonst nie in die Höhe, alle verstanden viel. Für Rosenfeld waren die Gesichter traurig und das Verständnis groß. Für Rosenfeld fanden alle, daß alles auf der Welt ungerecht verteilt war. Wegen Rosenfeld hießen die Penner an der Kirche bald Berber und bekamen etwas vom Taschengeld ab oder ein Brötchen. Der Englischlehrer hatte einen schönen Namen, verstand etwas von der Welt, hatte so schmale Hüften wie ein Vierzehnjähriger und Haare hell wie ein Schaf. Aber verliebt?
Er ist wie wir, sagte Enni einmal zu Sarah.
Wie du, sagte Sarah, so traurig wie du.
Ich bin nicht traurig, sagte Enni.

Verliebt. Wenn sie mit Daniel am Telefon sprach, kribbelte es in ihrem Bauch, und sie mußte viel lachen. Daniel lachte auch. Er wollte in den Osterferien wieder zu Besuch kommen, sein neues Fahrrad mitbringen, damit sie in noch weiter entfernte Wiesen fahren konnten. An Ostern war das Gras auf den Wiesen noch niedrig.

Enni verlor sich in Gedanken, verlor sich im Wasser des Rheins, in Badeanzug- und Badehosenfarben, hörte Stimmen um sich herum und stellte die Füße auf, wippte auf den Zehen, spannte die Waden an und war wieder bei den Balubas. Sie würde einen Tanz erfinden, der genau so hieß, Baluba-Tanz. Endlich würde ihr Körper all die schönen Bewegungen machen können, die in der Ballettstunde verboten waren. Wenn es überhaupt noch gehen würde, wenn in ihrem Bauch nicht doch etwas war, wenn sie nicht schon vorher sterben mußte. Manchmal vergaß sie das, manchmal dachte sie einfach nicht mehr daran, aber dann kam es wieder.

Enni, sagte die Vaterstimme hinter ihr, und als sie sich umdrehte, sah sie, daß er sehr grüne Unterhosen trug. Frösche fielen ihr ein und dann Heuschrecken, weil der Vater so dünn war, lang und dünn. Sie mußte lachen.

Du hast etwas verpaßt, sagte der Vater, wirklich.

Nein, sagte Enni.

An der Grenze wollte der Zollbeamte in ihre Taschen schauen, in den Kofferraum des Fiats und ins Handschuhfach. Dort fand er die kleine Plastiktüte mit den Kräutern gegen schlechte Laune und Verspannungen.

Haben sie noch mehr davon, fragte der Beamte den Vater.

Der Vater war genervt: Das ist Notfallmedizin, homöopathische Dosis, ich bin Biochemiker. Er schüttelte den Kopf.

Der Beamte lachte. Schließlich fanden sie keine weiteren Kräuter mehr im Auto. Zwei Gramm, sagte der Zöllner, wir werden das weitergeben an die Kollegen aus Deutschland.

Die Großmutter beobachtete sie. Wenn sie aus der Schule nach Hause kam, wenn sie vom Ballett zurückkam, wenn sie in der Stadt gewesen war, las die Großmutter Ennis Gesicht, ihren Körper, lagen die Blicke der Großmutter so auf ihr, daß Enni auf den Boden sah, die Schultern nach vorne zog, die Ellbogen ausstellte und sich an der Großmutter vorbeizwängte. In ihrem Zimmer schloß sie die Tür hinter sich, drehte sogar manchmal den Schlüssel im Schloß, und an den Tagen, an denen die Mutter in der Mittagszeit Termine in der Praxis hatte, vermied sie es, nach Hause zu kommen, weil die Großmutter erwartete, daß sie erzählte: wie früher, aber sie wollte nicht mehr. Die Großmutter erzählte auch nicht.
Ist er denn tot, fragte Enni die Großmutter einmal.
Wer, fragte die Großmutter, und Enni sah darin ihre Chance.
Mamas Papa, sagte Enni.
Die Großmutter schloß den Mund, machte die Lippen zu schmalen Streifen, wandte sich um und ging.
In der Nacht kam sie wieder. Ihr massiger Körper schob sich langsam vorbei an Ennis Zimmertür, es raschelte der Rock, rieb auf dem Unterrock, es rieben die Strumpfhosenschenkel bei jedem Schritt im Flur aneinander, und durch das Schlüsselloch, unter der Tür, über der Tür, durch

die Tür hindurch drangen ihre Geräusche, bis ihr Geist oder ihr Schatten in Ennis Bett lag. Enni begann zu frieren, legte die Arme ganz dicht an ihren Körper, sie fröstelte. Sie spürte, wie die Härchen sich aufstellten. Sie lauschte. Aus ihrem Körper verschwanden die Wärme und jede Bewegung, es wurde dunkel in ihrem Körper, sie spürte nichts mehr. Sie lag steif und kalt, sie hatte die steinerne Haut einer heilig lächelnden Jungfrau.

Sie begann, bis einhundert zu zählen, stellte sich Zahlen wie Waffen vor, wie Maschinen, wie Gewehre, wie Besteck, wie Folterwerkzeug. Sie stellte sich vor, wie Zahlenbilder gegen ihre Großmutter ankämpften, wie die Gabel der Drei ihre Brille durchstieß und in ihre neugierigen Augen drang, in die kleinen dunklen Großmutteraugen, wie die Zinken der Vier sich gegen ihren Mund wendeten, gegen die Fragen, die aus ihrem Mund drängten, wie die Fünf und die Sechs gegen ihren massigen Körper boxten, wie die Sieben zustach, die Acht wie ein Gummiball vor ihr auf und ab hüpfte, so daß es für sie kein Durchkommen mehr gab, und daß die Neun sich wie ein Stier benahm. Ab der Zehn waren die Ziffern sowieso immer zu zweit und deshalb stärker als sie. Sie ließ die Zahlen immer größer werden, sie wurden zu bunten beweglichen Riesen, die waren flink und treffsicher, sie stießen nur leicht, aber es reichte aus, um die Großmutter zu verdrängen. Sie verließ Ennis Bett und sogar das Zimmer.

Diesen Kampf führten die Zahlen für Enni schon seit ein paar Jahren so. Vaterunser mußte sie danach beten.

Joschi war sechs Wochen auf Sylt zur Kur, und seit zwei Wochen fehlte er. Seine Stimme war nicht im Haus, sein

Lachen nicht, und die Playmobilfiguren bewegten sich auch nicht, sondern lagen ordentlich im Karton neben der Legokiste, und alles sah tot aus. Am Morgen war Enni aufgewacht und hatte sich ihn nicht mehr vorstellen können. Sie lag im Bett, suchte nach seiner Stimme, nach seinen Augen, aber sie hörte und sah nichts. Sie drehte sich vom Rücken auf den Bauch, machte die Augen zu, drückte die Nase in ihr Kopfkissen und roch nur sich selbst. Joschi, sagte sie ins Kopfkissen und spürte ihren warmen Atem, aber in ihrem Kopf passierte nichts. Sie drehte sich wieder auf den Rücken, schaute zur Decke, sprang aus dem Bett und fand das Foto in der Schublade unterm Schreibtisch: Joschi saß auf seinem roten Fahrrad mit umgedrehtem Lenker und strahlte. Sie konnte Joschi sehen, aber sie spürte nichts oder nur das schlechte Gefühl, das schlimmer war als Übelkeit, das dunkel hing über allem anderen, das alles dämpfte. Enni schüttelte sich, damit sich der Kopf neu sortierte, aber es änderte sich nichts; im Körper blieb das eigenartige Gefühl. Sie ging nach unten, setzte sich zu den Eltern an den Frühstückstisch, wir müssen Joschi anrufen, sagte sie, unbedingt. Ich habe doch erst gestern mit ihm telefoniert, sagte die Mutter, ihm geht's gut, er hat nur ein wenig Heimweh nach dem Schlitzohr.

Enni stand auf.

Was machst du, fragte die Mutter, der Vater schüttelte den Kopf. Sie ging nach draußen. Das Schlitzohr saß hinterm Haus in seinem Stall und freute sich über den Besuch, sprang am Gitter hoch, schnüffelte an ihrem Finger, ließ sich hochheben, als sie die Tür öffnete, und blieb still in ihrem Arm sitzen.

Was ist mit Joschi, fragte Enni das Schlitzohr.
Das Zittern von Enni begann bei den Zähnen. Dann breitete es sich im ganzen Kiefer aus.

Enni lief. Vom Hasenstall aus durch die Wiese, auf der Straße den Berg hinauf, den Feldweg, die Halde entlang, bergaufwärts, sah zuerst die Häuser an sich vorbeiziehen, Fenster, Türen in den Augenwinkeln, bemerkte Bewegungen, sah sich nicht um, zog an Grau vorbei, an Grün, an Braun, spürte die Luft in ihren Lungen, hörte ein Rauschen in ihrem Kopf, ihre Füße saßen nicht fest in ihren Hausschuhen, sie bemerkte die Spannung in den Füßen, verlor die Schuhe nicht, spürte ihre Oberschenkelmuskeln, das schmerzende Knie, lief weiter, ihr Atem ging plötzlich gleichmäßig. Sie sah sich am Berg, lief über den Wiesenweg, in den Ohren das Klopfen vom Herz. Auf dem Berg hielt sie inne.
Sie beugte den Oberkörper nach hinten, sog Luft ein, die sich in ihre Lungen drängte, roch den Morgen, ließ sich nach vorne fallen und die Arme baumeln: Auf ihrem Rücken lag der Himmel.
Die Zähne hatten aufgehört zu klopfen, das Zittern war verschwunden. Als sie den Oberkörper hob, sah sie die Kühe, die auf sie zutrabten, sah sie sich direkt vor dem Weidezaun und über den Weidezaun hinweg nur weite, unbebaute Landschaft. Laufen half also auch.
Auf dem Rückweg ging sie langsam, an den Sohlen der Filzpantoffeln hingen Ästchen und Steinchen, und immer wieder mußte sie sie säubern. Beim Laufen hatte sie das überhaupt nicht bemerkt.

Im Hasenstall saß das Schlitzohr und freute sich.
Wo warst du denn so lange, fragte die Mutter, die nicht mehr am Frühstückstisch saß und sie besorgt anschaute.
Draußen, sagte Enni, auf dem Berg.
Was ist mit dir, fragte die Mutter.
Nichts, sagte Enni, Tränen liefen über ihre Wangen, als sie sich wegdrehte.

Die Nase des Psychologen lag wie eine Skischanze in seinem dunkelgebräunten Gesicht, und aus ihren Löchern wuchsen Härchen wie kleine Ästchen. Sie war ebenmäßig und hatte einen schönen Schwung. Enni führte die Linie der Nase weiter durch die Luft, dachte an die Unendlichkeit auf der x-Achse und hatte keine Lust zu sprechen.
Auf dem Tisch stand ein Sandkasten, lagen kleine Steine und Muscheln, lagen Farbstifte, und rechts und links davon saßen der Psychologe und Enni und warteten.
Du mußt nichts sprechen, du kannst auch malen, hatte der Psychologe gesagt, aber Enni wußte nicht, was sie malen sollte, und Lust hatte sie weder zum Malen noch zum Sprechen.
Es war schließlich nicht ihre Idee gewesen hierherzukommen, obwohl sie zugeben mußte, daß sie den Psychologen netter fand, als sie erwartet hatte.
Tanzen ist besser als sprechen, sagte Enni, oder laufen, das hilft auch.
Wogegen hilft das?
Enni wollte nicht mehr sagen, es war ihr peinlich mit der Angst, es ging niemanden etwas an, die Angst verschwand

immer wieder, auch wenn da dieses Zittern war, gegen das die Vaterunser auch nicht halfen, gegen das gar nichts half, außer schlafen, aber schlafen ging beim Zittern auch nicht so gut.

Gegen das Zittern, sagte Enni, und sie schaute den Psychologen nicht an. Sie hörte ein Rascheln von trockener Haut, vermutete, daß die Psychologenhände sich bewegten, sie hob leicht den Kopf und sah die vielen ungekräuselten schwarzen Härchen auf der Psychologenhand und wie ruhig die Hand auf der Psychologencordhose lag. Sie dachte an Schwarzbären, an dunkle dicke Pelze, und hörte die Frage, die sie nicht beantworten konnte und wollte: Woher kommt das Zittern?

Das Zittern kam aus ihrem Körper.

Den Rest der Zeit sprachen sie nichts mehr. Der Himmel dieses Zimmers war aus demselben Holz wie der Himmel in der Ballettschule. Der Psychologe störte sie nicht beim Schauen. Das Holz hatte viele Augen.

Enni trug Hut. Er stammte von der toten Tante Lore, und als Enni das Band abgemacht hatte, wurde aus ihm ein dunkelblauer schlichter Wollhut, der gut zu Ennis buntgeflickter Hose paßte. Mit ihm war das Aufrechtgehen schöner als zuvor, und Enni fühlte sich durch ihn geschützt. Sie stieg die Treppen zur Ballettschule hinauf, als oben auf dem Absatz wieder der Ballettlehrer stand, den sie nur vom Sehen kannte, und ihr einen Umschlag in die Hand drückte: Für das Mädchen mit dem Hut, stand auf dem Umschlag, und Enni sah unter dem Umschlag die schwarzen

Schuhe des Ballettlehrers. Der Ballettlehrer war noch nicht lange an der Schule, er war jung, aber nicht sehr, vielleicht dreißig, er war fast rothaarig und immer fröhlich. Er tanzte die Treppen hinauf, pfiff vor sich hin, machte Drehungen, und dabei lachte er. Enni hatte keinen Unterricht bei ihm, aber sie sah ihn oft, und jetzt erst fiel ihr ein, daß er sie immer grüßte und lachte, wenn er sie sah.
Was ist das, fragte Enni, sie schaute auf den Umschlag und dann in die blauen Ballettlehreraugen, die blitzten.
Eine Einladung, sagte der Ballettlehrer und wandte sich um.

Kommst du mit zum Brunnen, nachher, fragte Sarah in der Umkleidekabine, da sind Marc und Stephan und alle.
Wer alle, fragte Enni und gleich danach sagte sie: Weiß nicht.
Naja, eben Armin und Micha und so.
Armin und Micha waren eine Klasse höher und wollten immer Mädchen anfassen, und Sarah gefiel das, weil sie sich gerne anfassen ließ, und Enni gefiel das eigentlich auch, aber es war ihr auch langweilig dabei, es war immer das gleiche, alle redeten durcheinander, und immer mußte man sich etwas einfallen lassen, oder man mußte kreischen. Kreischen war sehr peinlich.
Ich glaub nicht, sagte Enni, obwohl sie ein bißchen traurig war, als sie das sagte. Sie wäre auch gerne so wie Sarah. Sie kreischte auch nicht, aber ihr war nicht langweilig in Gesellschaft, sie strahlte, ließ sich küssen und ging Hand in Hand mit Armin.
Ich geh nicht mit dem, sagte Sarah, wir machen das nur so.

Enni war lieber zu zweit. In Gesellschaft fühlte sie sich verloren, sie war zu langsam für die Gesellschaft, sie überlegte zu lange und war nicht witzig genug. Über Sarah lachten alle.
Schade, warum nicht, fragte Sarah.
Keine Lust, sagte Enni.

Alleinsein war am einfachsten und am schwersten zugleich: Wenn sie alleine war, konnte sie sein, wie sie wollte, aber es kamen auch die schlimmen Gedanken, und häufig begann das Zittern.

Enni tanzte leicht und konzentriert, schnell kam sie ins Schwitzen, so daß sie nach und nach alles ausziehen mußte bis zum letzten Trikot und zur Strumpfhose. Im letzten Trikot sah man, daß Ennis Brüste die Größe von Sahnehäubchen längst überschritten hatten.

Am Abend im Bett machte Enni den Umschlag bestimmt zum fünften Mal auf. Die Einladungskarte war auf geprägtem gelben Papier vom Stadttheater gedruckt, und darunter stand dieser Satz: Nur Mut. Mario.
Die Ballettstange war im Dunkeln versteckt, der Schrank war im Hintergrund zu erkennen, nur über Enni leuchtete die Lampe hell, und die blaue Bettwäsche färbte das Zimmer in einen kühlen Ton. Auf dem Schreibtisch glitzerte eine Stelle des Buddhas, der Glasputzerfisch war nicht zu sehen, zu grau war er, und zuviel Grün war in Ennis kleinem Glasbecken.
Mario war ein schöner Name.

Ob sie das konnte?
Es gab doch nur die eine wichtige Mädchenrolle in Romeo und Julia. Sie hatte die Straßenjungs in Erinnerung, vielleicht sollte sie auch nicht die Julia, sondern einen dieser Jungs tanzen, eine Nebenrolle. Der Gedanke gefiel ihr überhaupt nicht. Aber Julias waren immer blond. Sie würde hingehen. Sie würde vortanzen.
Enni machte das Licht aus, aber sogar im Dunkeln sah sie den Lehrer lächeln, mit geschlossenen Augen sah sie sich tanzen, eine Mädchenrolle, Julia.
Die Gedanken sprangen wie junge Hasen durch ihren Kopf, schlugen Haken, kehrten wieder dorthin zurück, wo sie schon einmal gewesen waren, machten Luftsprünge und halbe Drehungen, konnten nicht bremsen, vergnügten sich und hielten Enni vom Schlaf ab, aber das war nicht schlimm. Daß die Angst plötzlich wiederkam, war schlimmer und wischte die schönen Gedanken weg. Sie tastete den Bauch ab und den Brustkorb, die Brüste, aber sie fand nichts; warum nur taten sie manchmal so weh, woher kam dieses Ziehen im Bauch. Wenn sie zum Arzt ging, fand er vielleicht etwas heraus, nein, sie würde warten. Sie drehte sich auf die Seite und faltete die Hände. Manchmal betete sie jetzt mehr Ave-Maria als Vaterunser. Irgendwann schlief sie dabei ein.

Die Stufen zur Ballettschule hinauf waren nicht hoch, und es war leicht, drei Stufen auf einmal zu nehmen. Als Enni oben war, sah sie ihn nirgends. Gewöhnlich war sie am Mittwoch nie hier, deshalb wußte sie auch nicht, ob er da war. Sie lief den Gang entlang, blieb am ersten Übungssaal stehen und hörte die Stimme ihrer Ballettlehrerin, lauschte am zweiten Übungssaal, vernahm Musik und eine Männerstimme: Und beugen, strecken, vor, und schließ, und beugen, strecken, vor, und schließ. Hände klatschten, die Musik brach ab; die Füße schauen, wie kalt das Wasser ist, sagte die Stimme. Die Zehen schauen, wie kalt das Wasser ist, dachte Enni, nur die Zehen. Sie hörte kleine Mädchen kichern. Er war da.

Was machst du denn hier, fragte die Ballettlehrerin, als sie Enni sah.
Ich will mehr üben, sagte sie.
O.k., sagte Frau Teubner, o.k.
O.k., sagte sie immer, wenn sie sonst nichts mehr zu sagen hatte, aber auch nicht ganz zufrieden war mit dem, was sie sah und hörte.
Wirklich o.k.? fragte Enni, sie kannte Frau Teubner nun schon sieben Jahre.
Ja, komm, sagte Frau Teubner.
Ich will die Julia tanzen, sagte Enni.
Du?
Enni drehte sich weg. Sie wußte, daß Frau Teubner ihr das nicht zutraute. Niemand traute ihr wirklich viel zu.
Mario, dachte Enni.
Innerhalb eines Tages war «Mario» zu einem wirklich geflügelten Wort geworden. Es hob ihr den Kopf, die Arme, sie wurde fünf Zentimeter größer oder noch mehr; sie wurde leicht. Das Kribbeln in ihrem Bauch tat nicht weh.
Am Tag als Enni die Schnecke tottrat, bekam die Groß-

mutter Schmerzen im Bauch. Sie ließen nicht wieder nach, sondern wurden immer schlimmer. Enni dachte an Joschi und den Blinddarm, eine eigenartige Angst ließ sie im Wohnzimmer auf dem Sofa verharren. Sie konnte nicht allein sein. Sie saß auf dem Sofa, las in der Tageszeitung, in einer der Krankengymnastikzeitschriften der Mutter, in einer Frauenzeitschrift, las einfach alles, weil sonst die Angst kam. Ab und zu zeigte Joschi ihr Szenen aus Lucky Luke und lachte sich fast kaputt, aber sie fand das nicht lustig. Oma geht es schlecht, sagte Enni irgendwann.

Vielleicht hat sie Blinddarm, sagte Joschi.

Dann riefen sie die Mutter in der Praxis an.

Nach der Mutter kam der Arzt und nach ihm der Krankenwagen, der mit Blaulicht und der Großmutter wieder abfuhr.

Die Mutter folgte ihm mit dem grünen Auto.

Enni hatte zuvor noch nie eine Schnecke totgetreten, oder sie wußte es nicht. Den Tod konnte man nicht rückgängig machen. Er lauerte überall, sie spürte ihn täglich, er wanderte durch ihren Körper wie ein Wurm. Wenn er im Kopf saß, kam die Angst.

Die Schnecke lag unter dem Forsythienstrauch unter einem schönen Stein begraben. Enni hatte keine Blumen darauf gelegt, damit niemand etwas bemerkte; die Schnecken durften kein Thema mehr sein, sie waren vom Tisch. Das zerbrochene Haus war das Haus einer Tigerschnecke gewesen.

Die Großmutter starb nicht.

Drei Tage nach der Operation kam plötzlich wieder Farbe in ihr Gesicht, ihre Hände wurden warm, und sie wollte unbedingt Milchreis mit Aprikosenpüree essen. Ihre Tochter brachte ihr Milchreis mit Aprikosenpüree und Zimt und Zucker in die Klinik.
Hast du mir denn gar nichts zu erzählen, fragte Ennis Mutter die Großmutter, sie fand, daß es Zeit war, daß die Mutter erzählte, aber die Großmutter antwortete nicht. Sie aß und zeigte ihrer Tochter, wie schnell die Mahlzeit den Darm durchwanderte. Der Darm war kurz geworden.

Als sie wieder zu Hause war, räumte die Großmutter auf und zündete das Feuer an. Es roch zuerst nach Weihrauch. Als Enni die Tür ihres Zimmers öffnete, kam ihr Qualm entgegen und ein stechender Gestank. Rauch quoll unter Großmutters Tür hindurch und durch alle Ritzen. Enni riß die Tür auf. Dort stand die dünne klapprige Großmutter im Nachthemd und wedelte mit den Händen im Qualm. Über den Couchtisch hatte sie eine dicke Wolldecke geworfen, unter der, zusammen mit dem Rauch, der beißende Geruch hervorkam.
Enni riß das Fenster auf und zerrte die Großmutter an die frische Luft. Sie schwiegen am Fenster und lüfteten ihre Lungen. Die Großmutter zitterte.
Was soll das, fragte Enni.
Ich räume auf, antwortete die Großmutter, und ein wenig bebte jetzt auch ihre Stimme. Hilfst du mir, fragte sie.
Enni trug die angekokelte Decke in den Hof und warf eine große gesprungene Porzellanschüssel mit viel Papierasche, kleinen schwarz gewordenen Weihrauchsteinchen und un-

definierbaren Plastikresten in den Müll. Die Großmutter sagte nicht, was sie in der Schüssel verbrannt hatte. Mir ist nicht gut, sagte sie.
Enni half ihr, sich ins Bett zu legen.

Das Gute am Psychologen war, daß er eine Stunde ausschließlich für sie Zeit hatte. Er hörte zu und tat dabei nichts anderes; er sah, was sie machte, und wollte es wissen. Sie hätte ihm gerne vorgetanzt. Manchmal zeichnete sie mit dem Bleistift Schneckenhäuser für ihn, und er hielt sie für begabt.
Was gefällt dir denn so an den Schnecken, fragte er.
Rosenfeld hatte ihn angerufen, weil Herr Kümmer Enni loswerden wollte. Sie ist falsch hier, hatte Herr Kümmer zu den Eltern gesagt. Ich glaube, du bist schon richtig dort, sagte der Psychologe. Dir ist langweilig in der Schule, oder, fragte er Enni, und das stimmte. Dann machten sie den Test. Ihr ist langweilig in der Schule, sagte der Psychologe zu Ennis Vater.
Da muß sie durch, sagte der Vater, ich mußte das auch.
Nachdem der Test ausgewertet worden war, freute sich Rosenfeld, daß er recht gehabt hatte. Herr Kümmer schwieg.
Bei den Schnecken sind die Knochen gleichzeitig das Haus und der Sarg, sagte Enni zum Psychologen.

Marios Hand wanderte von den Knien über Ennis Schenkel, strich auf und ab, während sein Mund über ihren Hals glitt, zum Ohr hinauf, während die Zunge sich in ihr Ohr hineingrub und das Kribbeln im Bauch immer stärker wurde, aber das Denken nicht aufhörte. Es war wie ein leises Klingeln im Kopf, eine Alarmglocke, die sich stritt mit dem schönen Kribbeln, mit Ennis Wunsch, Mario wie ein Tuch zu spüren auf ihrem Körper, ein schweres Tuch, eine warme Decke. Als die Hand Ennis Hosenknopf und den Reißverschluß aufmachte, als sie hinabglitt an Ennis Bauch, öffneten sich Ennis Schenkel für einen kurzen Moment und schlossen sich sofort wieder. Marios Hand klemmte fest zwischen ihren Schenkeln.

Was ist, fragte Mario, seine Stimme war ruhig, aber Enni konnte auch hören, daß seine Hand frei sein wollte.

Ich will das nicht, sagte sie. Sie sagte nicht, daß sie Angst hatte. Sie klemmte die Oberschenkel zusammen und schaute in den Fußraum. Warum die Ente Ente hieß, fragte sie sich plötzlich, und wo der Schwanz der Ente war und wo der Kopf? Und was sie mit zwei Pferdestärken zu tun hatte? Solche Gedanken schwammen durch ihren Kopf, tauchten auf, tauchten ab und schienen doch wichtiger zu sein als die dunkle Nacht im dunklen Auto auf dem Feld mit Mario, der ihr immer näher gerückt war und sie verzaubert hatte, ohne daß sie sich sicher war, daß ihr das wirklich gefiel.

Mario hatte von ihrem Hals abgelassen, sie ließ seine Hand frei, und er zog sie zurück.

Es war kein Geräusch zu hören.

Ich fahr dich nach Hause, sagte Mario.

Enni schloß die Hose.

Zu Hause brannte Licht im Büro des Vaters, und das Wohnzimmer war hell erleuchtet.

Na, du alter Italiener, die Probe ging aber lang, sagte der Vater, als Enni zu ihm ins Büro kam. Er schaute nur kurz von seinem Schreibtisch auf.
Enni war müde, sie sagte nichts.
Der Vater machte Kreuze in eine Tabelle.
Du hast es gut, sagte Enni.
Wieso, fragte der Vater und ließ seinen Schreibtischstuhl Karussel fahren.
Enni mußte lachen, nur so, sagte sie.
Komm, sagte der Vater. Er stand auf, legte seine Hand um ihren Rücken, und erst jetzt bemerkte Enni, daß sie ihm schon bis zur Schulter reichte.
Vor dem Zimmer des Vaters zogen sie die Schuhe aus.
Beim Buddha brannte eine gelbe Kerze, und es roch nach Räucherstäbchen. Der Nautilus glitzerte im Kerzenlicht.
Enni setzte sich dem Vater gegenüber.
Ich hab's auch geschafft, sagte der Vater, und obwohl Enni nicht genau wußte, was er meinte, sagte sie: Ja.
Dann saßen sie sehr lange still. Manchmal zuckte es noch in Ennis Oberschenkel. Manchmal beschlich ein schlechter Gedanke ihren Kopf, und sie hatte das Bedürfnis, sich zu schütteln, aber sie tat es nicht. Sie kratzte auch nicht auf der Kopfhaut.
Alles, was kommt, geht auch wieder, sagte der Vater manchmal.
Es war beruhigend, ihm gegenüberzusitzen.
Sie wollte Mario nicht mehr alleine treffen. Jetzt war sie froh, daß sie den Romeo tanzte.
An der Chemie war interessant, was sich anzog und was sich abstieß und warum sich der Wasserstoff gerade am

Kohlenstoff anlagerte und am Sauerstoff und an welcher Stelle. Es war interessant, daß lauter kleine unsichtbare Gebilde durch die Welt flogen, die man nicht sah, und daß sie aus Buchstaben bestanden. Die ganze Welt war aus Buchstaben und Zahlen zusammengesetzt: der Himmel aus sehr vielen Os, und dennoch hieß er Himmel, das Wasser aus doppelt so vielen Hs wie Os, viele Ns bewegten sich überall herum und andere Ns und Ms und Ks, häufig auch zusammen mit einem a oder einem d oder g, und dennoch hieß auch das Wasser Wasser, und die Erde hieß Erde. Das war spannend und beschäftigte Enni, aber es interessierte nicht den Chemielehrer.

Wenn sie diese Dinge in der Chemiearbeit unterbrachte, führte ein dicker Strich von rechts oben nach links unten. Bei der letzten Chemiearbeit war Enni nach fünfundzwanzig Minuten fertig; sie hatte all die Zahlen und Buchstaben, die darin vorkamen, verknüpft und verbunden, sie hatte das ganz in ihrem Sinne gemacht. Sie packte ihr Mäppchen in die Schultasche und wußte, daß nun alles klar war. Im nächsten Schuljahr würde sie nicht mehr mit Sarah in eine Klasse gehen.

Der Mathematiklehrer sagte zu Ennis Vater: Es ist keine Frage des Könnens, sie kapiert schnell.

Wenn er anstelle des kleinen Gnoms auch Physik unterrichtet hätte, wäre alles besser gewesen. Der Mathematiklehrer verstand nicht, daß Enni in Mathe gut und in Physik mangelhaft war.

Der Vater verstand es auch nicht.

Du interessierst dich doch für Bewegungen, sagte er.

Enni interessierte sich für andere Bewegungen.
Mathematik machte ihr Spaß, das war ein Spiel, Chemie macht ihr auch Spaß, es war ein anderes Spiel, Physik war kein Spiel, und was Cäsar mit den Türmen machte: Krieg interessierte sie nicht.
Schlimm war nur, daß sie im nächsten Schuljahr Sarah nicht mehr in der Klasse haben würde.

Mario war verheiratet mit einer Geigerin, aber er wollte sich von Enni nicht wegschicken lassen. Die Geigerin hieß Anna und war lang und schlank wie Enni, und ihre Haut sah aus wie die einer Porzellanpuppe. Enni schaute zu, wie die Puppe Mario auf den Mund küßte, wie sie dabei ihren Mund zu einer kleinen Blume schürzte, die sehr rot war, und nach dem Kuß war der Lippenstift nicht verschmiert.
Mario lächelte, wenn er die Geigerin sah, er hielt sie rechts und links an den Armen, zog sie halb an sich, aber nicht ganz, und wenn Enni in der Nähe war, bemerkte sie, wie er zu ihr herüberschielte.

Nach der Freitagsprobe wartete Mario auf der Treppe vor den Proberäumen auf sie, um sie nach Hause zu fahren.
Ich fahre mit der Bahn, sagte Enni.
Ich fahr dich, sagte Mario.
Nur fahren, sagte Enni.
Klar, sagte Mario.
Enni zögerte, aber Mario hielt sich daran. Er fuhr nicht mehr mit der Ente ins Feld, er fuhr sie direkt bis vor die Haustür. Seine Hände wanderten ihren Nacken hoch, hiel-

ten ihren Kopf, und Enni fühlte seine Finger um ihren Hals. Sie rührte sich nicht, hob den Kopf leicht an, so daß der Hals schmaler und länger wurde, aber auch Marios Griff wurde fester.
Du Schöne, sagte er, während ihr Hals in seinen Händen festsaß und sich die Freiheit wünschte und Enni an Mario vorbeisah. Er beugte sich zu ihr und fuhr schnell mit der Zunge über ihre Lippen und für einen Moment in ihr Ohr hinein.
Dann ließ er sie los.
Enni senkte den Kopf, sie lächelte kurz, weil sie nicht unhöflich sein wollte, sie spürte die aufgestellten Härchen unter ihrem Pulli und stieg aus.
Tschüs, sagte Enni. Danke, sagte sie, obwohl sie das nicht sagen wollte, weil ihr das falsch vorkam.
Danke fürs Heimfahren, sagte sie.
Mein schönster Romeo, sagte Mario mit theatralischer Stimme, ich bitte dich.
Wie immer brannte beim Vater im Büro noch Licht, und die Mutter war ausgegangen.
Die Ente schnatterte davon.
Enni ging nicht zum Vater ins Büro.

Die Übelkeit ging vom Ohr aus oder von den Lippen, sie zog sich hinunter zur Brust, breitete sich im Kopf aus und im Bauch, und mit ihr schlich sich die Angst ein, die Enni schon kannte, aber das verminderte nicht deren Wucht und das Zittern, das von den Zähnen in den Kiefer wanderte und weiter in die Arme, die Hände, in den Bauch und bis in die Beine. Alles in ihrem Körper wurde hart und weich zugleich, sie hörte sich beim Zittern zu und das Klappern der Zähne, ihre Beine gaben nach, und in ihrem Kopf war ein gewaltiger Schmerz. In ihrem Zimmer begann das Weinen, das niemand hören sollte.

Durch das Ohr kann man nicht schwanger werden, dachte Enni, durch das Ohr und den Mund, das geht nicht; sie wußte, daß das Unsinn war, sie wußte, daß es nicht sein konnte, und doch war es so, es wurde möglich, und die Angst fraß sich in diesem Gedanken fest, fraß sich in der Zunge von Mario fest, die sich in ihr Ohr gedrängt hatte wie eine Maus in ein Loch. Sie dachte an die Schnecken und daß das Schneckenhaus immer besetzt war von der Schnecke selbst. Dort konnte nicht einfach jeder hereinkommen, dort paßte nichts mehr hinein.

Einmal, als Kind, hatte sie sich eine Perle in das Nasenloch gesteckt, ganz weit nach oben geschoben, bis es nicht mehr ging und plötzlich war die Perle weggewesen, und weil sie Angst bekommen hatte, war sie nach der Mutter schreiend, durchs Haus gerannt, bis die Mutter vor ihr gestanden hatte.

Mit dem alten gelben Auto waren sie zum Arzt gefahren.

Die Perle kommt schon wieder heraus, du wirst es schon sehen, hatte der Arzt gesagt. Irgendwann war die Perle tatsächlich beim Niesen wieder aus der Nase gestoßen worden, sie war herausgeschossen gekommen wie ein Bolzen aus einem Blasrohr, aber bis es soweit gewesen war, hatte es lange gedauert.

Nun konnte sie nicht zur Mutter gehen und nicht zum Vater und nicht zum Arzt. Sie konnte nicht sagen: Ich bin von einer nassen Zunge geschwängert worden, ich habe eine

Zunge im Ohr, und sie geht nicht mehr heraus, sie wird sich immer weiter hineinbohren in mein Ohr und von dort aus in meinen Kopf, meinen Bauch und dort sitzen bleiben, und daß das Zittern nicht mehr aufhörte; sie würden sie für verrückt erklären. Das ging nicht. Es schüttelte sie, aber sie weinte nicht mehr, sie atmete tief durch, legte sich auf den Rücken, schlug die Beine übereinander, steckte sich die Mittelfinger in die Ohren, da war nichts in den Ohren als die Knorpel, und ihre Finger hatten Platz.

Mit den Augen wanderte sie an der Decke entlang, an Frau Teubner denken, dachte sie, nicht an Mario denken, in die Füße atmen, hörte sie die Ballettlehrerin sagen und erinnerte das kleine Mädchen, das sie vor nicht allzu langer Zeit gewesen war; als sie sich beruhigte, verfolgte sie die Luft, die in sie hineinwanderte und durch sie hindurch. Baluba fiel ihr ein und sie sah die Buchstaben vor sich und wie wenige verschiedene Buchstaben dieses Wort hatte, und daß man die hintere Silbe mit der vorderen tauschen konnte und doch äußerlich alles unverändert blieb. Aber ob wirklich alles gleich bleiben würde, wenn man das machte?

Sie atmete, und in den Füßen glaubte sie die Luft zu spüren. Das Klingeln im Ohr hatte aufgehört. Daß die Großmutter, seit sie fast gestorben wäre, nicht mehr jedesmal aufstand, wenn Enni nach Hause kam, war ein Glück.

Die kleine Bahn war rot und fuhr genau acht Minuten bis in die Stadt. Sie bestand aus drei Waggons.

Er saß im vorderen Wagen auf der linken Seite am Fenster und schaute in Fahrtrichtung. Auf den Sitz gegenüber hatte er seine Turnschuhe gelegt, sie waren schwarz mit weißen Streifen und hießen Samba. Wenn Enni in die Bahn stieg, saß er immer schon dort, deshalb wußte sie, daß er bei der ersten Station einstieg. Er trug Walkman, schaute aus dem Fenster und bemerkte Enni nicht. Sie setzte sich ihm gegenüber, damit er sie anschauen mußte, aber er schaute nur aus dem Fenster. Enni sah ihn an. Manchmal setzte sie sich neben ihn, und manchmal berührte ihr Oberarm seinen Oberarm, aber der Oberarm des Jungen bemerkte das nicht. Enni setzte sich hinter ihn und drückte die Knie in die Lehne des Vordersitzes, aber die Lehne war dick und der Junge unempfindlich. Enni wußte nicht, ob er sie nicht bemerkte oder ob er sie nicht bemerken wollte.

Hallo, sagte Enni, wenn sie sich neben ihn setzte, hallo, ganz gelassen sagte sie das, kein Hüpfen in der Stimme und auch kein Bitten. Sie wußte, daß das gut klang.

Aber der Junge sagte nichts, er hörte Walkman.

Als sie endlich genug hatte, legte Enni ihm ihre Ledertasche auf den Schoß, sagte «Halt mal», ließ die Tasche los und bückte sich hinunter zu ihren Schuhen. Die Tasche fiel nicht zu Boden, und Enni wußte, daß der Junge nun ihren Nacken sehen würde, der lang und schlank und braungebrannt war vom Sommer, und vielleicht würde er helfen.

Als Enni wieder hochkam, blickte sie dem Jungen direkt ins Gesicht, und er ähnelte wirklich dem Jungen aus dem Fernsehen, der sein Lächeln verkauft hatte.

Danke, sagte Enni.

Kein Problem, sagte er. Er hatte Lippen wie eine dicke dunkle Pflaume.

Dann sagten sie beide nichts mehr.

Seither fuhr Enni jeden Morgen schweigend neben dem Jungen in die Schule. Tschüs, sagten sie, wenn sie ausstiegen, dann ging Enni nach rechts und der Junge nach links. Er hatte eine angenehme Stimme.
Sie hatten einen schönen Herbst und Winter, einen schönen Frühling, aber außer Nebeneinandersitzen, Schweigen und Tschüssagen passierte nichts. Dann wurde Enni sechzehn, und der Junge hieß inzwischen nicht mehr der Junge, sondern Jan, und er war hübsch und wirkte immer ein wenig traurig.
Enni war schon drei Monate lang sechzehn, als Jan am Morgen seine Kopfhörer abnahm und sagte: Du gehst aufs Droste, oder?
Ja, sagte Enni, und du aufs Uhland.
Ja, sagte Jan, und bekam sein Lächeln wieder.
Jan hatte die Telefonnummer von Enni in ein kleines grünes Buch geschrieben, und als er nach links ging, winkte er ihr, weil sie nach rechts ging, mit dem kleinen grünen Buch, und beim Winken sah das Buch aus wie ein Papageienflügel.

Am nächsten Morgen setzte sich Enni neben Jan, und er nahm sofort die Kopfhörer ab und schaltete den Walkman aus.
Hi, sagte er.
Hallo, sagte Enni.
Dann sagten sie nichts mehr.
Bei euch ist oft niemand zu Hause, sagte Jan.
Wieso, fragte Enni.
Ich hab angerufen, sagte er, gestern nachmittag.

Echt, sagte Enni, und sie freute sich wirklich. Meine Eltern arbeiten, sagte sie.
Ach so, sagte Jan, hast du keine Geschwister?
Doch, einen Bruder.
Ach so, sagte Jan.
Dann schwiegen sie wieder.
Die Turnschuhe von Jan lagen auf dem roten abgeschabten Kunststoffbezug des Sitzes gegenüber, und neben ihnen lagen nun Ennis Schuhe mit dem Loch im Absatz, und eigentlich sah das ganz gut aus, fand Enni, die paßten zusammen, die Schuhe, und das Bedürfnis, die verschieden angezogenen Füße ein wenig zu durchmischen dort auf der Bank, überkam sie, aber sie traute sich nicht, einen ihrer Kickersschuhe zwischen die beiden Sambaturnschuhe von Jan zu legen, so daß sich die Füße anschauen konnten. Wenn sie nebeneinanderlagen, Paar für Paar, waren sie so getrennt.
Sie schwiegen bis zum Bahnhof.
Heute mittag bin ich zu Hause, ab halb vier, sagte Enni, als sie am Bahnhof ausstiegen, aber eigentlich wußte sie gar nicht, was sie am Telefon reden sollten.
Jan strahlte. O.k., sagte er.
Dann ging er Richtung Uhland und Enni Richtung Droste.

Am Nachmittag, beim ersten Klingeln des Telefons, rannte Joschi los: Das ist Frank, sagte er.
Nein, sagte Enni, das ist für mich.
Joschi war schneller, sein Gesicht war nicht enttäuscht, als es nicht sein Freund war; ein Jan, sagte er.
Enni nahm den Hörer entgegen, und zum ersten Mal hörte

sie die Stimme von Jan, ohne sein Gesicht zu sehen, ohne seine Turnschuhe auf dem Sitz und seine Beine in den Levis, die ihm gut standen, seine Stimme war schön und fremd zugleich, sie war ein sehr beruhigendes Geräusch.
Sie hatten «hallo» gesagt, und Jan hatte gesagt: Hier ist Jan, dann war Schweigen, aber Enni glaubte, eine Freude in der Leitung zu hören.
Was machst du gerade, fragte Jan.
Ich habe mit WeißeFüße geredet.
Aha, sagte Jan. Indianer, fragte er.
Kater, sagte Enni.
Ach so, sagte Jan.
Und so ging es weiter, bis Joschi keine Ruhe mehr ließ, weil Frank anrufen wollte, und Enni sagte: Mein kleiner Bruder. Er nervt.
Kenn ich, sagte Jan, kleine Schwester, sagte er.
Ach so, sagte Enni.
O.k., sagte Jan.
Bis morgen, sagte Enni.
Ja, sagte Jan, und seine Telefonstimme klang nun schon etwas weniger fremd.

Manchmal trafen sie sich nach der Schule, und wenn es ein nicht kalt war und nicht regnete, kauften sie Brezeln und Nußhörnchen und gingen auf den Hügel hinter der Stadt, setzten sich an den Hang und aßen die Tüten vom Bäcker leer, und zusammen essen war gut, weil man dann nicht sprechen mußte. Das war nicht so einfach mit dem Sprechen, immerzu mußte man sich etwas überlegen, und weil

Jan den Anfang nicht machte, mußte Enni das tun, aber sie wußte nicht so genau, was Jan interessierte, außer Musik. Hast du eine neue Platte, konnte sie nicht täglich fragen. Was hörst du für Musik, ging auch nicht, weil Jan ihr nun jeden Morgen den Kopfhörer für einige Minuten auf die Ohren setzte.
Er sagte: Damit du weißt, wo ich bin. Das war der erstaunlichste Satz, den Enni bisher von einem Jungen gehört hatte.
Wenn ihr gar nichts anderes einfiel, erzählte Enni von der Schule, und manchmal sagte sie etwas vom Ballett, aber nur sehr vorsichtig, weil sich ja niemand fürs Ballett interessierte und Jan es blöd finden konnte, aber Jan fand das nicht blöd; darf ich dich mal sehen, fragte er, beim Tanzen.
Enni wurde rot, beim Tanzen hatte sie noch nie jemand sehen wollen, außer vielleicht Mario, aber bei Jan war das etwas anderes.
Du kannst mich als Romeo sehen, in drei Wochen, sagte die rote Enni.

Wenn sie sich in der Ballettschule sehen ließ, wenn sie zu den Proben ins Stadttheater kam, schlich Mario um sie herum, legte den Arm um sie, wenn er ihr eine Bewegung zeigen wollte, streichelte ihr übers Haar, und nach den Proben stand er vor dem Theater unter der Laterne und wartete auf sie. Unterhalb der Stufen, auf denen Jan saß, stand seine Ente. Jan war in der Stadt geblieben, damit er mit Enni zur Bahn gehen konnte, in der sie acht Minuten nebeneinandersaßen.

Tschüs, rief Enni Mario zu und ging zu Jan, der dünn und lang im Parka mit dem Walkman auf dem Kopf auf den Treppen stand und strahlte.
Sie gingen durch die Stadt, lachten und schwiegen und lachten und schwiegen, standen vor BAP-Plakaten, und Enni dachte, daß Jan ein wenig wie Rosenfeld war, und das gefiel ihr sehr. Aber anders als Rosenfeld war er auch lustig, und wenn sie vor dem Flipper standen im Jazzcafé, lachten sie viel, drehten sich um die eigene Achse, wenn die Kugel schneller ins Loch fiel, als sie sie überhaupt sahen, und der Flipper das Trauergeräusch spielte.
In der Bahn setzten sie Kopfhörer auf, jeder einen, weil Jan einen zweiten gekauft hatte, rückten zusammen, lehnten sich aneinander, auf den Ohren Konstantin Wecker, in den Ohren Konstantin Wecker, drückten die Return-Taste und hörten immer wieder von vorne: *muaßt a wengal näher rucka, muaßt mi scho no festa drucka, morgn, da samma dod*, und lachten, wenn die Musik aufspielte, wenn Wecker aufspielte wie zum Tanz: *Mei, des werd a Nacht wern heit, d'Welt werd brenna, und die Leit, lassn si ned los. Na – mia ham koa Zeit zum Liang, we heid foid, werd ewig fliang, morgn, da samma dod.* Sie schauten versonnen ins Dunkle, bis der Zug hielt und Jan ihre Hand nahm.
Immer wieder machten sie das so, mehrmals die Woche, und manchmal fuhr Enni mit Jan nach Hause.
Auf seinem Bett lagen sie eng beieinander, aber wenn Jan sie zu sehr küßte, bekam Enni Angst, sie wollte das nicht, und er drängte sie nicht. Er stand auf, machte die Wecker-Musik laut, legte sich neben sie, und ihre Blicke fielen in den weißen Himmel von Jans Zimmer.

Bevor Enni ging, aßen sie Schwarzbrote mit Hagebuttenmarmelade, weil es Hagebuttenmarmelade nur bei Jans Mutter gab.

Du bist ein wunderschöner Romeo, darf ich noch mal kommen, fragte Jan. Danach sah Jan Enni jede Woche im Ballett, so lang, bis die Sommerferien kamen.
Vielleicht war das mein letzter Auftritt, dachte Enni jedesmal nach dem Tanzen, weil sie beim Tanzen gar nichts dachte, und das war das Allerschönste beim Tanzen, daß der Kopf so leer und zufrieden wurde. Nach dem Tanzen oder wenn sie glücklich war mit Jan, kam sehr oft die Angst vor dem Krebs.

In den Sommerferien paddelten sie zwei Wochen lang auf der Donau, hatten Muskelkater in den Armen, jaulten wie geschlagene Hunde vor lauter Muskelkater in den Unterarmen und den Händen und lachten über sich selbst, und manchmal tat ihnen auch noch der Rücken weh. Am Anfang schlingerte ihr Kajak auf dem Fluß, sie fuhren in Schleifen die Donau entlang, mußten viel zuviel rudern und waren froh, wenn es einen Tag Pause gab und die Busse sie weiterfuhren zu einem Ort, an dem die Donau wieder leichter befahrbar wurde. Sie saßen immer in einem Boot, immer in einem VW-Bus und abends nebeneinander am Lagerfeuer, sie schliefen heimlich in einem Zelt, obwohl Jungs und Mädchen offiziell getrennt untergebracht waren, lagen Enni und Jan dicht aneinandergedrängt. Sie unterhielten sich wenig mit den anderen, außer mit Paul, der auch nicht viel sprach und alleine im Boot saß, der schon sehr gut paddeln konnte und dessen gezwirbelter Spitzbart am Kinn immer die richtige Richtung wies. Paul, die Ziege, Paul, der jeden Abend in ein schönes blaues Buch schrieb, das er in drei Plastiktüten packte, wenn er fertig war, die er mit einem dicken Gummi verschloß wegen des Donauwassers und schließlich in seinen Rucksack steckte, auf dem er schlief. Hätte Enni nicht neben Jan geschlafen, hätte Paul dort gelegen; so aber schlief Enni zwischen Jan und Paul.

Enni hatte sich mit dem Vater viele fliegende Liebende und nicht so viele fliegende Tiere angesehen, eine sehr große Ausstellung voller bunter Menschen und Tiere, Menschen, die manchmal vielleicht Engel waren, und Tiere, von denen man denken konnte, daß sie genausoviel wußten wie die Menschen oder noch mehr, weil sie halb Mensch waren und halb Tier, und sie wollte Jan davon erzählen am Morgen im Zug, als er sagte: Ich habe mit Andrea geschlafen.
Er sagte es so, wie er hätte sagen können: Wir haben jetzt auch eine Katze. Oder vielleicht auch wie: Der Walkman ist kaputt. Er sagte es noch morgens vor der Schule, als ihre Füße ganz ruhig miteinander auf der roten Bank lagen.
Er sah traurig aus, sah sie an, und Enni war sicher, daß sie schuld daran hatte, nur weil sie nicht wollte, alles nur, weil sie sich nicht traute.
Aber da ist nichts, sagte Jan, er klang kläglich, er nahm ihre Hand.
Macht nichts, sagte Enni, obwohl es viel machte, obwohl sie nun erst recht das Gefühl hatte, daß sie nicht richtig

funktionierte, daß sie nicht richtig lebte, überhaupt, daß etwas nicht mit ihr stimmte, das war ja klar. Sie spielte, aber sie gewann nicht. Sie lag immer vorne, aber dann.
Macht mir wirklich nichts, sagte Enni, wirklich, sagte sie und schaute Jan an, der sagte: Es tut mir leid.
Sie gingen nicht in die Schule, sondern ins Jazzcafé, hielten sich an den Händen, tranken Kaffee und spielten Flipper, bis alles Geld weg war.
Es tut mir leid, sagte Jan immer wieder.
Es ist nicht so schlimm, antwortete Enni.
Aber es war schlimm.

In der Nacht träumte Enni, sie wäre schwanger. Man sah nichts, aber sie wußte, daß in ihrem Bauch ein Kind wuchs, das schon so aussah wie ein Kind und zur Welt kommen wollte. Im Traum fuhr der Vater Enni in die Klinik, und sie sah sich beim Warten aufs Einsteigen vor der Garage.
Sie wachte auf wie aus einem Alptraum, sie konnte nicht mehr einschlafen, stellte sich eine Schafwiese vor, eine riesige Wiese voller weißer und schwarzer Schafe, und begann zu zählen, aber das half nichts. Vaterunser betete sie, lieber Gott, mach, daß das nicht stimmt.
Am nächsten Tag begann sie, sich das Kind aus dem Leib zu springen. Sie sprang von der siebten Stufe der Treppe. Das würde sie nun immer so machen, wenn sie eine Treppe herunterging, nur in der Schule nicht.
Sie zog den Bauch ein, sie ging aufrecht mit eingezogenem Bauch, und das war anstrengend, aber es mußte sein. Je

mehr sie den Bauch einzog, desto weniger Platz würde das Kind haben, weil das Kind nicht nach hinten hinauswachsen konnte. Ennis Rücken war vom Ballett gestählt, ihn drückte nichts durch. Wenn Enni den Bauch einzog, blieb dem Kind nur noch ein Weg, es mußte nach unten. Es mußte wieder aus ihr heraus.

Morgens im Zug traf sie Jan, setzte sich wie immer neben ihn, und ihre Füße lagen über Kreuz auf dem Sitz, der Kickersschuh und der Sambaturnschuh sahen sich an. Sie zog den Bauch ein und spürte die Spannung, die sie schlechter atmen ließ, der Bauch spannte, der Atem kam nur noch stockend.

Jan nahm die Kopfhörer ab, bist du wütend auf mich, fragte er, ich meine, sagte er, wegen Andrea; aber Enni war nicht wütend.

Sie lehnte sich an ihn und hörte aus seinem Kopfhörer auf dem Schoß die Musik: *Des is die Anna, Anna, Anna, die Anarchie*, das war ihr Wecker, sie hörten ihn jeden Morgen, aber heute wollte sie den Kopfhörer nicht auf den Ohren haben.

Von Jans Schulter aus sah sie das Blau des späten Augustmorgenhimmels, sah zwischen den Weiden neben der Bahnstrecke keine Wolken und wollte am liebsten nur noch schlafen.

Was ist mit dir, fragte Jan.

Nichts, sagte Enni.

Das war das erstemal, daß sie ihm etwas nicht erzählen konnte.

Stimmt nicht, sagte Jan, du willst es nicht sagen.

Ja, sagte Enni.
Gehen wir flippern nach der Schule, fragte Jan.

Nach der Schule trafen sie sich im Jazzcafé. Jan hatte vier Brezeln gekauft und zwei Nußhörnchen, aber Enni wollte nichts essen.
Du hast doch sonst immer so einen riesigen Kohldampf, sagte Jan und aß Brezeln.
Nicht darauf, sagte Enni.
Auch kein Nußhörnchen, fragte Jan.
Später, sagte Enni, später vielleicht; ich will flippern, sagte sie, weil sie wußte, daß sie sich beim Flippern in den Farben und Lichtern des bunten Geräts verlieren konnte, daß ihre Blicke beim Spielen nur noch den Bewegungen der Kugel zwischen den bunten Bildern folgten, daß ihre Hände nur noch reagierten, als wären sie von Reflexen gesteuert, daß alles schnell ging und ohne eine einzige Überlegung, daß es gar nicht mehr möglich war, dabei zu denken, auch nicht, wenn aus dem Flipper das Trauergeräusch kam.

Am Nachmittag begleitete Jan sie zur Ballettschule, umarmte sie und hielt sie fest.
Sei nicht böse, sagte er.
Sei du nicht böse, sagte Enni. Dann lachten sie.

Enni tanzte unkonzentriert, sie bemerkte erst jetzt ihren Hunger, ihr war schlecht, sie hatte nichts gegessen außer einem Joghurt am Morgen. Sie sah an sich herunter: Ihr Bauch war ganz flach, keine Wölbung.

Mario war glücklicherweise nicht zu sehen.
Frau Teubner strafte sie mit bösen Blicken, weil sie so viele ungenaue Bewegungen machte.
Sarah tanzte neben ihr, aber seit es Jan gab, war ihre Freundschaft nicht mehr so eng. Sarah würde ihre Angst davor auch nicht verstehen. Sie hatte schon mit drei Jungs geschlafen, mindestens, von dreien wußte Enni. Nimm doch die Pille, würde Sarah sagen.
Beim Tanzen sah Enni sich im Spiegel, sie mußte sich sehen, den Kopf aufrecht, das Kinn so, als läge es auf der Unterkante der Schreibfläche eines Stehpults; es war nicht zu vermeiden, daß man sich im Spiegel entgegentanzte und in die Augen schaute. Sie sah Sarah und wie sie sich liebte im Tanz und überließ sich ihrem Körper, der sich wie von selbst zu bewegen begann, wenn die Musik aufspielte, der ihr manchmal das Gefühl gab zu fliegen, aber heute war es anders; es war, als wäre ihr Körper ein Automat. Aber der Automat funktionierte nicht mehr.

Wenn man nur eine Scheibe Brot essen durfte, aß man anders: Man aß und aß und aß, dachte nicht mehr an Flugzeuge, die in Hangars hineinflogen und wieder heraus, dachte, wenn man Enni war, eher an die Landschildkröte Nosalad, die auch irgendwann im Garten saß, mitten im späten Frühling, mitten im Gemüsebeet, und dem grünen Salat schöne kleine Halbmonde in die Blätter fraß. Wenn sie nur mit den vorderen Zähnen ins Brot biß, wurden die Bissen etwa so groß wie die von Nosalad, und das war gerade mal in Ordnung; wenn man sparen mußte beim

Essen, wenn man möglichst viel haben wollte von einer Scheibe Brot, wurde man geizig mit den Bissen, mußte man sie optimal verkleinern, bemerkte Enni am Abend, und weil sie durstig war nach dem Training, trank sie eine Flasche Wasser und eine Kanne Früchtetee. Der Bauch wölbte sich danach, war eine kleine runde Kugel, ein halber Handball, zu klein für einen Basketball, aber groß genug für ein Kind. Sie zog den Bauch ein, aber das ging nicht gut mit dem vielen Wasser, es gluckerte im Bauch, sie gab nach. Würde sie mehr als eine Scheibe Brot essen, würde sich der Bauch noch mehr wölben. Das wollte sie nicht. Sie spürte die Angst kommen, deshalb setzte sie sich ins Wohnzimmer zur Mutter und zu Joschi.

Am Abend nach der Arbeit mit den vielen Menschen und Körpern wollte die Mutter nichts mehr wissen: Sie setzte sich vor den Fernseher mit einem Glas Rotwein, freute sich, wenn jemand sich zu ihr setzte, und schaute Krimis und Sport und Nachrichten. Etwas anderes schaute sie nicht. Sie wollte Spannung, sie langweilte sich schnell. Der Vater war für die Mutter eigentlich zu langweilig, er machte immer alles gleich und nichts, was die Mutter interessierte. Er arbeitete mit Müll anstatt mit Menschen, sprach wenig, meditierte und interessierte sich für Kunst. Die Mutter dagegen sprach gerne, liebte Sport und fand keine Ruhe.

Warum geht ihr eigentlich nicht zusammen weg, hatte Enni den Vater einmal gefragt, und der Vater hatte mit den Schultern gezuckt: Früher haben wir das oft gemacht, früher waren wir immer zusammen, aber jetzt, man gewöhnt sich so leicht, man bemüht sich nicht mehr, sagte er, und Enni wollte nicht weiter fragen, weil sie das Gefühl hatte, der Vater wurde zu traurig.

Als sie zur Mutter sagte, warum gehst du eigentlich immer alleine weg, ohne Papa, antwortete sie: Wir haben eben unterschiedliche Interessen, ich gehe eben gerne mit Frauen aus.

Papa geht auch gerne mit Frauen aus, hatte Enni gesagt, weil das, was die Mutter sagte, kein Argument war.

Ennis Bauch war schon so dünn geworden, daß sie alle Darmbewegungen verfolgen konnte. Manchmal spürte sie an einer Stelle im Bauch einen Knubbel. Sie fuhr mit der Hand unter ihr Hemd, und dann konnte sie ihn sehr deutlich fühlen. Manchmal stellte sie sich auch vor den Spiegel und sah zu, wie er wanderte: ganz langsam von weiter oben nach weiter unten, und Enni dachte an eine Schlange beim Verschlucken eines Meerschweinchens. Sie betrachtete die Wölbung an ihrem Bauch, stellte sich das Tier vor: rothaarig, mit einem dicken Fell, und welche Mühe es damit hatte, durch den Darm zu wandern. Ihre Hand ließ sich langsam auf dem Knubbel nieder, und aus dem Meerschweinchen wurde ein Kind. Es bewegte sich ganz langsam, es gluckerte ein wenig, es machte ein Geräusch, und Enni ließ das T-Shirt wieder herunterfallen und stopfte es in ihre schon viel zu weite Jeans, die sie mit einem breiten Gürtel auf ihren schmalen Hüften hielt. Das Kind klang wie eine Murmelbahn.

Sie rannte vom Spiegel zur Treppe, die Treppen hinunter bis zur siebten Stufe, von der siebten Stufe sprang sie. Sie war leicht in der Luft und beim Aufsprung extra schwer. Der Aufsprung mußte hart sein, beim Aufsprung mußte der Dielenboden knarren, es mußte vibrieren im Bauch; wenn sie das nur oft genug tun würde, würde das Kind, das noch niemand außer ihr sehen konnte, bald aus ihr herausfallen, wie die Perle aus der Nase.

Anja wird immer dünner, sie war doch sowieso immer schon so dünn, sagten die Leute zu Ennis Mutter.
Sie ist einfach sehr sportlich, sie muß sich immerzu bewegen, Enni hat einfach keine Ruhe, sagte Ennis Mutter zur Nachbarin. Sie will fliegen; wo sie nur kann, springt sie herunter, sie wirbelt durch die Luft, sagte Ennis Mutter am Anfang, aber sie wußte schon, daß das nicht stimmte, nur wußte sie nicht, was sie tun sollte.
Später sah sie, daß Enni davonzufliegen drohte.

Enni, iß bitte doch wieder etwas mehr, schau dich doch an, sagte die Mutter: Das ist nicht mehr schön. Alles schlabbert an dir, die Jeans, der Pulli.
Enni, bitte, sagte der Vater, du kannst dich doch so nicht wohl fühlen, es ist wirklich nicht schön. Er strich ihr über die Wangen.
Sie klappert schon, sagte Joschi und schlug die Zähne aufeinander.
Hör auf, schrie Enni und packte Joschi am Arm, er machte sich los und klapperte wieder mit den Zähnen.

Jetzt schlug Enni zu. Sie traf Joschi mit der Faust auf dem Oberarm. Er jaulte auf und holte auch aus.
Joschi, schrie der Vater.
Er ließ den Arm sinken.
Enni, bitte, sagte die Mutter.
Laßt mich in Ruhe, schrie Enni und sprang vom Abendbrottisch auf. In ihrem Zimmer stellte sie Konstantin Wecker sehr laut.
Daß die Großmutter an diesem Tag einfach geschwiegen hatte, fiel ihr erst ein, als es still geworden war im Haus und sie nicht schlafen konnte, weil es in ihrem Bauch seltsam zitterte. Enni wußte nicht, was das war, sie legte sich auf den Rücken und zog den Bauch ein. Zwischen Rücken und Bauch waren nur noch etwa zehn Zentimeter Platz. Dort war kein Platz für ein Kind.
Der große Wagen stand über dem Fenster.

Fast täglich fingen sie nun damit an: Iß bitte doch noch etwas, sagte die Mutter.
Ich hab schon gegessen, vorher, eine Brezel, sagte Enni, oder sie sagte nichts. Manchmal sagte sie auch: Laß mich.
Du lügst mich an, sagte die Mutter.
Manchmal log Enni. Danach betete sie und haßte sich dafür, und die Großmutter haßte sie dafür, daß sie das tun mußte, und wenn der Haß kam, wußte sie, daß sie wieder Vaterunser und Ave-Maria würde beten müssen, Vaterunser wie Mantras und so lange, bis sie beim Beten einschlief.
Bitte, sagte der Vater, wenn Enni nicht aß; der Vater schrie Enni nie an.
Sie hat doch nicht alle Tassen im Schrank, sagte Joschi.

Daß sie nicht versuchten, Enni zum Arzt zu schleppen, war ein Wunder, täglich wartete Enni darauf, daß sie mit der Mutter zu einem Spezialisten mußte, aber es passierte nicht. Enni wäre auch nicht mitgegangen.
Du weißt, wie deine Krankheit heißt, sagte die Mutter.

Der Bauch wurde immer härter. Ein harter kleiner Bauch stand zwischen Ennis Hüftknochen hervor, die im Liegen in die Luft zeigten wie Haifischflossen. Manchmal lag sie am Abend im Bett und betete: Mach nicht, daß ich schwanger bin, betete sie.
Ein Nachttraum war in Ennis Tag gewandert und wollte nicht wieder herauswandern. Er machte sich breit in ihrem Bauch, und von Woche zu Woche ging er auf dünneren Beinen.

Warum machst du das, fragte Jan, der immer noch mit ihr jeden Morgen die Füße auf die rote Zugbank legte, der so zu ihr war wie früher und der ihr zu ihrem siebzehnten Geburtstag eine Karte für ein Konstantin-Wecker-Konzert schenkte, eigentlich zwei Karten.
Mit Jan aß Enni manchmal chinesisch, sie aßen mit Stäbchen, ganz normal, so als sei nichts; mit Jan ging das manchmal, auch wenn sie am nächsten Tag nur noch Möhren essen durfte.
Ich kann nicht anders, sagte Enni. Es ging nicht mehr anders, auch wenn sie es hätte ändern wollen, wäre es nicht gegangen. Sie mußte sehen, was in ihrem Bauch vor sich ging.

Sie schrieb, was sie aß, auf Löschblattseiten von Schulheften, auf die Rückseite von Kassenzetteln aus dem Drogeriemarkt, manchmal schrieb sie die Rechnungen auch auf die Ränder ihrer Schulheftseiten; sie endeten alle bei maximal fünfhundert. Fünfhundert war eine magische Zahl. Das Wort Kalorie ließ sie weg. Es war gefährlich.
Sie kannte ganze Kalorientabellen auswendig, sie mußte nichts mehr nachschlagen, sie las diese Tabellen wie andere Menschen Tageszeitungen.
Sie las Fleisch und Käse und Marmelade und Nutella und alles andere so, wie sie es noch vor nicht allzu langer Zeit gegessen hatte. Sie las Rezepte. Sie las nur noch Texte, die man essen konnte.

Die Großmutter verschwand immer mehr. Der Krebs machte sie immer kleiner und immer schmaler, er fraß sie immer dünner, und alle sahen, daß es bald vorbei sein würde, aber die Großmutter sah auch, wie Enni immer dünner und immer durchsichtiger wurde.
Du verlierst dein letztes Fett, sagte die Großmutter eines Tages zu Enni.
Du auch, sagte Enni.

Enni menstruierte schon seit ein paar Monaten nicht mehr. Es fehlte ihr und fehlte ihr doch nicht. Das Blut hatte die Monate aufgeteilt in nicht-schwanger und vielleicht-schwanger. Wenn das Blut kam, verließ die Angst sie für ein paar Tage, für eine Woche oder zwei, dann kam sie wieder.

Nun zählte sie die Monate: Es konnte sein, daß sie im vierten Monat war.

Für das Ballett ist das sogar besser, wenn man lang und dünn ist, weil man dann die Gelenke nicht so sehr belastet, weil man dann leichter tanzt, mit weniger Gewicht, sagte sie zu Jan, aber er glaubte ihr nicht.
So dünn kann nicht gut sein, sagte Jan, außerdem ist es nicht schön. Wenn Jan das sagte, weinte sie. Sie wollte ihm gefallen, aber es änderte nichts.
Wenn Enni an der Ballettstange in ihrem Zimmer auf Spitzenschuhen stand, bildete sie mit der Ballettstange ein Achsenkreuz. Nur am Po und an der Brust hatte das Achsenkreuz einen kleinen Auswuchs, und von den anderen minimalen Wölbungen, wie der am Wadenmuskel und der an den Schultern, abgesehen, war sie genauso dünn und lang wie die Ballettstange, an der sie sich festhielt. Aber das sah nur, wer ihr zuschaute, Enni sah das nicht.

Von einer inneren Unruhe wurde Enni getrieben: Sie konnte nicht mehr ruhig sitzen, auch nicht mehr alleine zu Hause sein, weil sonst die Angst kam. Sie lief nachmittagelang mit Jan durch die Stadt, sie spielten Flipper, gingen am Tiergehege vorbei und beobachteten die Enten und Schwäne, sie suchten die Hirsche auf und die Rehe, vergaben Namen, und Enni wußte, daß Jan das ihretwegen tat, daß er sich Sorgen machte, daß er wollte, daß sie wieder würde wie zuvor.

Du bist nicht mehr komisch, sagte Jan, du lachst nicht mehr. Wenn Enni versuchte zu lachen, warf die Haut, die nun dünn und durchscheinend auf ihrem Gesicht lag, Falten und ließ sie trotz des Lachens traurig aussehen.

Manchmal lief sie alleine durch die Stadt. Zwischen der Nachmittagsschule und dem Ballettunterricht setzte sie sich im Café neben die Heizung, weil sie immerzu fror, sie trank Pfefferminztee ohne Zucker und blätterte in Illustrierten oder machte ihre Listen.

Manchmal drängte Sarah sie zu essen. Obwohl sie nicht mehr in ihrer Klasse war, sah sie Enni und sagte: So geht es nicht weiter. Sie zwängte sich für Enni am Brötchenstand zwischen den anderen Schülern hindurch und kaufte ihr eine Brezel.

Iß, sagte sie zu Enni, ich will nicht, daß du umfällst. Enni aß für Sarah. Danach ließ sie mindestens das Mittagessen ausfallen.

Nur wenn es sein mußte, log sie. Es waren Notlügen für die Eltern, die nun viel stritten. Sie stritten ihretwegen. Das wußte sie.

In ihrem Zimmer war alles anders geworden: Die Regale hatte sie um ihr Bett herumgebaut, so daß das Bett nun eine Höhle war mit einem Loch Richtung Himmel und einem schmalen Zugang zwischen den Regalen. Der Buddha war vom Schreibtisch ins Regal am Fußende des Bettes gezogen. Auch der Glasputzerfisch stand nun im kleinen Wasserbecken an Ennis Bett. In der Höhle hielt sie es manchmal aus. Wenn sie ruhig lag und spürte, daß in ihrem Bauch ein Loch war, eine Kuhle zwischen ihren Hüftknochen, in der es nur leise gluckerte und sonst nichts passierte, konnte sie in den Himmel schauen, den Mund öffnen, die Luft in den Körper hineinlassen, ein großes Stück Luft aus der Luft beißen und schlucken ohne Angst.

Mario sagte «hallo», wenn er sie sah, lächelte sie an, und manchmal hatte Enni das Gefühl, daß er sie musterte, daß seine Augen über ihr Gesicht, über ihre Brüste bis zu ihren Füßen wanderten und sich dann über den Fußboden davonmachten. Manchmal spürte sie seine Blicke in ihrem Rücken, aber mehr geschah nicht. Er hatte aufgehört, sie heimfahren zu wollen, er versuchte auch nicht mehr, sie zu berühren.

Dafür stand nun Frau Teubner in der Ballettstunde häufig zwischen ihr und Sarah, und sie sah, daß Frau Teubner mehr sah, als sie sehen sollte.

Am Tag, als Frau Teubner Enni nach dem Unterricht ansprach, dachte Enni: Bei vierzig hör ich auf. Aufhörennichtmehrzuessen war eine sonderbare Konstruktion, so viele Verneinungen in einem Satz, die genaugenommen nur eine Bejahung meinten.

Wenn du so weitermachst, mußt du den sterbenden Schwan nicht mehr tanzen, sagte Frau Teubner, als sie nur noch zu zweit im Übungsraum standen. Sieh dich doch einmal an, man mag dich gar nicht mehr anschauen, ich frag mich jedesmal, ob ich noch zulassen kann, daß du tanzt, eigentlich muß ich es dir verbieten, ich kann das doch nicht mehr verantworten, ich bring mich damit in Teufels Küche, hör doch auf, dein Anblick ist kaum auszuhalten, sagte Frau Teubner, sie schien gar keine Luft holen zu müssen, sie stand vor ihr, redete ohne Pause, aber Enni war an »Teufelsküche» hängengeblieben. Sie hörte kaum mehr auf diese Sätze, die aus der Ballettlehrerin herauspurzelten wie kugelige Kaugummis aus einem Zehnpfennigautomaten. Enni spürte Wut in Frau Teubners Stimme, die Teufelsküche kochte in ihrer Stimme.

Sie schwieg.

Du wiegst keine vierzig Kilogramm mehr, sagte Frau Teubner, als es ganz ruhig geworden war im Raum.

Doch, sagte Enni.

Erzähl mir doch nichts, sagte Frau Teubner, ich seh das doch.

Vierzigkommaeins, sagte Enni.

Alles, was gesagt wurde, stand überdeutlich und klar im Raum. Worte wie Stelen oder Warnschilder.

Anja, sagte sie, du bringst dich um, daran kann man sterben. Du brauchst Hilfe, sagte sie. Wenn Frau Teubner Anja sagte, meinte sie es sehr ernst.

Enni lehnte sich an die Wand, und Frau Teubner spazierte durch den Raum, aufrecht ging sie um Enni herum, ging sie durch all das, was eben gesprochen worden war, hindurch, und es kam Enni so vor, als würde dadurch alles noch einmal unterstrichen: vierzig Kilo, Teufelsküche, ich seh das doch, vierzigkommaeins, daran kann man sterben.

Ja.

Enni schaute an den Ballettschulenhimmel, sie sah die Augen im Holz und konnte das nicht ertragen, manchmal war ihre Wahrnehmung jetzt seltsam, alles schien so detailliert, als schaute sie durch eine Lupe, manchmal standen die Dinge überdeutlich vor ihr, und dann verschwammen sie wieder. Sie hatte begonnen, anders zu sehen und anders zu hören.

Ich kenne einen Psychologen, sagte Frau Teubner. Er ist eigentlich Therapeut, Arzt, sagte sie.

Seither trug Enni die Nummer des Therapeuten immer mit sich herum; wenn sie die Hand in die rechte Hosentasche steckte, spürte sie den kleine gelben Klebezettel, der nicht mehr klebte, weil sich lauter Jeansflusen auf dem Klebestreifen gesammelt hatten. Auf ihm standen so viele Buchstaben wie Zahlen: Funke 45962.

Wenn Enni eine frische Hose anzog, wanderte der Zettel von der einen rechten Hosentasche in die nächste rechte Hosentasche.

Oma stirbt, hatte Enni am Morgen in der Bahn zu Jan gesagt, und Konstantin Wecker hatte plötzlich aufgehört zu singen.

Vom Bahnhof aus gingen sie zusammen über den Zebrastreifen in Richtung Altstadt, stiegen die schmalen Treppen zum Turm hinauf, betrachteten die Stadt von oben, und auf dem Kamm entlang liefen sie zum Krankenhaus, in dem die Großmutter lag.

Sie lag nach Süden, hatte ein Zimmer für sich alleine, und ihre Augen waren geschlossen, als Enni eintrat.

Oma, sagte Enni, aber die Großmutter reagierte nicht. Sie nahm die Hand der Großmutter und drückte sie. Die

Hand war trocken und nicht kalt und nicht warm, die Haut fühlte sich an wie Papier, sie war dünn und durchscheinend, rot mit kleinen Adern, und die Fingernägel hatten Monde. Enni stand vor dem Bett der Großmutter, sie schaute auf den schmalen, sehr feinen Kopf, der auf dem weißen Kissen lag und sehr leicht aussah. Sie kam sich neben der Großmutter riesig vor und in ihren dunklen Kleidern schwärzer als schwarz. Sie ließ die Hand los. Die Großmutter sagte nichts, sie schlief oder befand sich in einem Zustand, den man Schlaf nennen konnte, aber eigentlich wußte Enni nicht, wie dieser Zustand hieß, und wo die Großmutter gerade war, wußte sie auch nicht.

Das Bett roch nach Desinfektionsmittel und Gebißreiniger, und Enni dachte an die Füße der Großmutter und daß niemand mehr diese Füße beachtete, weil alle dachten, daß es sowieso gleich vorbei sein würde mit ihr.

Auf der Bettdecke lag der Rosenkranz, neunundfünfzig schwarze Perlen und ein Kreuz mit einem Christus aus Elfenbein lagen auf der Großmutter und bewegten sich nicht. Unter dem Deckbett kam der Schlauch des Katheters hervor und mündete in den gelben Plastiksack, und in den Arm der Großmutter tropfte eine Infusion.

Wenn die Großmutter starb, würde sie nie erfahren, wer ihr Großvater war.

Sag doch was, sagte Enni, aber die Großmutter sagte nichts. Immer wieder hatte Enni überlegt, ob es möglich war, sie zum Erzählen zu bringen. Durch Beschwörung vielleicht, durch heimliches Einsagen oder durch Hypnose. Nichts mehr war übrig von der Oma ihrer Kindheit, außer der Nase vielleicht. Es tat Enni leid, daß sie nie richtig gesprochen hatten, daß das nie möglich gewesen war. Es tat ihr weh, wie die Großmutter nun dalag, zusammengeschrumpft und eingefallen.

Es tut mir leid, sagte Enni nun, weil die Großmutter es erfahren sollte, sie hielt wieder die Großmutterhand.

Warum sagst du es nicht, sagte sie, wenigstens Mama, und dann hörte sie zu, wie die Lippen der Großmutter beim Atmen leicht blubberten. Daß daraus Wörter würden, wünschte sie sich, daß die Großmutter die Augen aufschlüge, etwas sagte, aber beim Ausatmen drang nur der Atem durch die schmalen Großmutterlippen, sonst geschah nichts. Vielleicht hatte sie selbst immer auf den Moment gewartet, in dem sie etwas sagen würde. Vielleicht hatte sie sich täglich neu vorgenommen, etwas zu erzählen. Vielleicht lag ihr das Leben auf der Zunge, vielleicht schwieg sie so beharrlich, weil sie immerzu Sorge hatte, daß ihr das Leben zu schnell aus dem Mund fallen könnte, so schnell, wie ihr die Zähne herausgefallen waren.

Enni wollte nicht länger bleiben, nicht so alleine, auf Wiedersehen, sagte sie zur Großmutter, drückte ihr die Hand und legte sie auf den Rosenkranz. Die Großmutter bewegte sich nicht.

Auf Wiedersehen, sagte Enni noch einmal an der Tür, dann ging sie.

Vor der Tür saß Jan, auf den Ohren den Walkman.

In der Nacht träumte Enni von Riesenschwarzwälderkirschtorten, die nur mit Kränen transportiert werden konnten, es war ein Alptraum, aus dem sie weinend und schweißgebadet erwachte, in dem sie in Torte badete, in

dem sie fast darin ertrank, in dem sich fette Torte, wie von selbst, wie von fremder Hand gesteuert, in ihren Mund schob, ohne daß sie sich wehren konnte, und das Fett sich durch die Poren ihrer Haut fraß, sie unterwanderte und sich dort ausbreitete wie eine Sintflut. Im Traum schrie Enni und wollte aufstehen, sofort vor dem Fett weglaufen, es mußte aus ihr herausschwimmen. Vor dem Licht des Aquariums hörte sie sich schreien.
Sie rannte oft in der Nacht durchs Haus. Hinter ihr lief eine kleine Horde dicker Kalorien her.

In dieser Nacht starb die Großmutter.
Enni weinte, sie wußte nicht, was das war mit der Großmutter, sie liebte sie und haßte sie gleichzeitig.

Enni war sehr still geworden, noch stiller als zuvor, in der Schule sagte sie nichts mehr oder nur noch sehr wenig, und wenn sie etwas sagte, war das nicht mehr lustig, oder niemand lachte mehr; sie saß sehr weit hinten, hörte manchmal zu, aber meistens machte sie Rechnungen auf der letzten Heftseite oder dachte nach über Dinge, die sie danach nicht mehr wußte.
Der Hausmeister erwischte Enni nicht mehr, wenn sie ihre Milchschnittenverpackung auf der Liegewiese in die Luft warf beim ersten Wind im Herbst, weil Enni den Wind überhaupt nicht mehr bemerkte und auch keine Milchschnitte mehr aß. Sie warf auch nichts mehr in die Luft. Es bestand eher die Gefahr, daß der nächste Herbstwind Enni in die Luft warf, herumwirbelte und davontrug.

Manchmal ging Enni noch mit zu Jan, sie lagen auf Jans Bett und hörten seine Musik, und Jan nahm Enni in den Arm, aber sie wollte das nicht, er fand sie zu dünn, er sollte nicht fühlen, wie dünn sie war. Ihre Oberarme paßten jetzt in das Rund, das ihr Daumen und ihr Zeigefinger bildeten. Ihre Oberschenkel paßten in das Rund, das ihre beiden Zeigefinger und ihre beiden Daumen bildeten. Enni konnte diese Griffe um die Oberschenkel und Oberarme so schnell machen, daß es niemand sah, ganz nebenbei machte sie das manchmal, wenn sie ausnahmsweise wieder eine Brezel gegessen hatte, dann zum Beispiel; es waren Griffe wie die eines Schlossers oder eines Installateurs.

Am Tag nach der Nacht, in der die Großmutter gestorben war, wurde die Angst vor dem Alleinsein und vor dem Sterben so groß, daß Enni dreimal mit dem kleinen gelben Zettel aus ihrer Hosentasche zum Telefon rannte und von dort aus wieder in ihr Zimmer. Dort legte sie sich aufs Bett und versuchte, in die Füße zu atmen; sie hatte das Dachfenster geöffnet, sah in das Blau mit einem weißen Flugzeugstreifen und wollte atmen, doch der Atem schaffte es nicht einmal bis in ihren Bauch. Sie hörte ihr Herz laut schlagen, sie spürte das beginnende Zittern in ihren Zähnen und sprang auf, rannte die Treppe hinunter, machte alles wie immer, nur daß sie jetzt nach dem Telefon griff.
Funke, sagte eine Männerstimme.
Enni Demuth, sagte Enni völlig außer Atem, nun konnte sie nicht mehr zurück.

Am anderen Ende der Leitung war Schweigen.
Ich habe Ihre Telefonnummer von Frau Teubner.
Ach, sagte die Stimme, die etwas rauh klang und etwas kratzig.
Ich hätte gerne einen Termin bei Ihnen.

Zwischen dem Telefonat und dem Termin bei Herrn Funke verschwand die Großmutter in einem Grab. Sie hatte bis zuletzt geschwiegen, niemand wußte etwas, sie hatte auch der Mutter nichts gesagt, auch nicht in der Nacht, in der sie starb, aber noch einmal wach geworden war.
Möchtest du wirklich nichts mehr erzählen, hatte Ennis Mutter in der Nacht ihre Mutter gefragt, aber die Großmutter hat nur den Kopf gesenkt und ihrer Tochter die Hand gedrückt. Das war das erstemal, daß sie ihrer Tochter so die Hand drückte, und Ennis Mutter drückte die Hand sehr gerührt zurück. Ein wenig später starb die Großmutter.

Sie hat schon früher nichts erzählt, sagte der Bruder der Großmutter nach der Beerdigung. Nachdem ihr Bräutigam im Krieg gefallen war, hörte er oft tagelang nichts von ihr, wußte nicht, wo sie war, zu Hause war sie nicht, zur Arbeit kam sie wohl, blieb manchmal über Nacht bei den Arbeitgebern in der Dienstwohnung, aber niemand hatte eine Ahnung, mit wem sie sonst noch zu tun hatte. Irgendwann war sie schwanger.
In der Pralinenschachtel mit den Fotos erkannte der Bruder nur sich selbst, seine Braut, die später seine Frau ge-

worden war, und seine Schwester, außerdem die Mutter und den Vater und die Großeltern; wer die vielen hübschen Männer, wer die Großfamilie auf der Wiese war und die Matrosen auf dem Schiff, wußte er nicht. Es waren so viele fremde Menschen in der Pralinenschachtel.

Beim Leichenschmaus brach Enni der Brezel das Kreuz.
Sie saß mit dem Vater und Joschi und Omas Bruder auf einer Eckbank, und alle ließen sie in Ruhe, auch die Tanten. Sie hatte keine Lust, mit irgendwelchen Tanten zu sprechen, die etwas sagten, was ihr nicht gefiel, sie war froh, daß sich die Mutter mit den Tanten unterhielt und mit alten Damen, die Enni nicht kannte.
Eine Brezel hatte ungefähr hundertzwanzig Kalorien, und im Kreuz saßen die wenigsten.

Ich kotze doch nicht, sagte sie voller Verachtung, das wäre das letzte, essen und dann wieder kotzen. Sie wurde wütend, als Herr Funke das fragte, ich bin doch kein Weichei, sagte sie.
Das merk ich schon, sagte der Therapeut, eine ziemlich harte Nuß bist du.
Enni saß Herrn Funke gegenüber in einem blauen Sessel, der sich drehen ließ, und konnte nicht stillsitzen; mit den Füßen brachte sie den Sessel in halbe Kreisbewegungen. Herr Funke saß in seinem schwarzen Ledersessel sehr still und schaute sie an. Hinter ihm stand ein breites schwarzes Ledersofa unter einem bunten Wandbehang, auf dem viele Tiere nebeneinander herliefen und flogen.

Du wirst das nicht mehr alleine schaffen, das weißt du, oder, fragte Herr Funke, an dessen Tür Dr. Martin Funke stand, Psychiater und Psychoanalytiker.
Meint das die Arche Noah, fragte Enni und zeigte auf das Bild.
Meinst du, fragte Herr Funke.
Es sieht nicht so aus, als ob sie flüchten, sagte Enni, eher als ob sie irgendwo hingingen, deshalb, sagte sie.
Wie du, fragte der Psychoanalytiker.
Enni sagte nichts.
Wieviel wiegst du, fragte er.
Enni überlegte, sie wußte nicht, ob sie sagen sollte, was stimmte, oder ob sie besser etwas anderes sagte.
Neununddreißigkommafünf, sagte sie, das war etwas mehr als das, was stimmte, aber es klang vielleicht besser als achtunddreißigkommaacht. Das war das Gewicht der Großmutter, ein paar Wochen bevor sie starb, achtunddreißigkommaacht hatte die Waage auch Enni am Morgen angezeigt.
Ich möchte, daß du dich untersuchen läßt, bei einem Kollegen, sagte er.
Enni wollte das eigentlich nicht, aber sie sagte es nicht, sie hatte Angst vor Ärzten, Angst, daß sie etwas fanden in ihrem Bauch, in ihrer Brust, in ihrem Kopf, daß sie ihr das Leben aufkündigten, sagten, daß es bald vorbei sein würde, daß das Etwas in ihrem Kopf oder Bauch ein Tumor war oder doch ein Kind. Sie schwieg, starrte vor sich hin und dann doch wieder zu den Tieren in den bunten Farben, die die Wand entlangrannten. Dann nickte sie.

Auf dem Weg zur anderen Praxis versuchte sie, nur auf der Bordsteinkante zu balancieren, sie hatte das lange nicht mehr machen müssen, aber jetzt mußte sie es tun, damit nichts passierte. Ihre Schuhe paßten gut auf die schmale Kante, sie breitete die Arme aus, ging aufrecht und spürte, daß ihre Füße nach oben strebten; auf den Fußspitzen tänzelte sie auf den Bordsteinkanten durch die Stadt zur anderen Praxis und stellte sich Wasser vor, das an ihr vorbeifloß, und nur die Bordsteinkante war ein trockener Steg. Sie trat nicht daneben. Dreimal mußte sie die Straßenseite wechseln, das ging nicht anders, dreimal watete sie auf Zehenspitzen über die Straße, um auf der anderen Seite wieder den Bordstein zu erreichen.

Neununddreißigkommazwei Kilogramm zeigte die Waage, als Enni in Hosen und Pulli, aber ohne Schuhe daraufstand.

Der Kollege von Herrn Funke nahm ihre Haut am Arm zwischen zwei Finger und ließ wieder los: Für einige Sekunden blieb eine Falte stehen. Enni dachte an die Echsen aus dem Galapagos-Buch, an eine dünne trockene Lederhaut, oder an eine solche, wie die von Joschi, wenn sein Ekzem gerade abgeheilt war.

Wie bei sehr alten Menschen, sagte der Arzt, der jung war, eine Nickelbrille trug und sehr grüne Augen hatte. Hast du gesehen, die Hautfalte ist stehengeblieben; du trocknest aus, sagte er, trinkst du denn auch nichts? Anja, sagte er, deinem Körper geht es sehr schlecht, ich kann dich so nicht wieder weglassen.

Enni erschrak, sie fühlte sich zwar nicht stark, aber sie war

schon lange nicht mehr richtig hungrig, auch schon lange nicht mehr sehr durstig. Sie sah zwar, wie ihr täglich jede Menge Haare ausfielen, es waren halbe Hände voll. Sie bemerkte, daß die Haare weniger glänzten, sie sah, daß ihre Haut trocken und schuppig war, sie sah auch kleine rote Flecken auf der Haut, sie verzichtete freiwillig auf das Tanzen, halb freiwillig. Frau Teubner wollte sie so nicht mehr sehen; sie machte ihre Übungen zu Hause, sie fühlte sich nicht sehr gut dabei, beim Sitzen schmerzte der Po, beim Liegen auf der Seite schmerzten die Hüftknochen, bei den Liegestützen taten die Handknochen weh, aber sonst fühlte sie sich nicht so schlecht. Sie hörte den Arzt weiterreden, aber was er sagte, verlor sich in ihren Gedanken und in der Angst; sie wollte nicht dableiben.
Nein, sagte Enni, ohne daß sie eine Frage gehört hatte, nein. Mindestens eine Infusion, hörte Enni den Arzt sagen, dir fehlt Flüssigkeit, dir fehlen Mineralstoffe, danach kannst du gehen, aber nur, wenn du mir versprichst, heute abend noch zwei Liter zu trinken und morgen früh wieder.

Woran sie dachte, was sie fühlte, wie es war, als die Infusion in sie hineintropfte, wußte sie danach nicht mehr. Nur, daß sie am Abend trank, viele Kannen Früchtetee, mindestens vier, und einen Joghurt aß und ein Brötchen mit einer Scheibe Käse und drei Karotten und einen Apfel, daß sie an einem einzigen Abend mehr Kalorien zu sich nahm als in den Tagen davor.

Mit dem Vater setzte sie sich zum Buddha, als sie nach Hause kam, und dann erzählte sie es doch.

Endlich, sagte der Vater, und Enni sah seinen Händen zu, die sich in seinem Schoß öffneten.
Sie schwieg.
Ist es denn unsere Schuld, fragte er.
Nein, sagte Enni.
Vielleicht doch, sagte der Vater.
Die Kerze, die neben dem Buddha brannte, knisterte, und die Bewegung der Flamme zog Ennis Blicke an, als wäre sie ein Magnet und Ennis Augen eiserne Nägel.

Ich will nicht sterben, sagte Enni nach dem Abendessen zur Mutter, aber dann ging sie in ihr Zimmer, weil sie sah, daß die Mutter Tränen in den Augen hatte.
Später hörte sie die Eltern streiten.
Sie lag unterm Himmel und versuchte, ihren Bauch nicht zu beachten, der prall aussah unter der dünnen Haut. Sie suchte die Deichsel des Großen Wagens, aber es war noch zu früh, es war noch zu hell am Himmel.
Sie wollte nicht, daß die Eltern sich ihretwegen stritten.
Der Himmel war klar, aber noch sternlos, als Enni ihn einatmete.
Die Eltern schrien.
Sie verstand nichts, weil das Holz die Stimmen dämpfte.
Sie wußte, daß sie sich gegenseitig die Schuld daran gaben, daß es so gekommen war mit ihr, sie steckte sich die Zeigefinger in die Ohren und schloß die Augen. Warum war sie nicht wie Sarah zum Beispiel oder wie Mareike, warum kannst du nicht ganz normal sein, hatte die Mutter vor nicht allzu langer Zeit gesagt, wie andere Mädchen in deinem Alter, und Enni hatte geweint, und der Mutter tat es leid.

Sie brachte die ganze Familie durcheinander.
Sie lag ausgestreckt auf dem Bett unter dem Fenster. Wenn sie die Augen zusammenkniff, verschwand der Fensterrahmen ganz, und die Augen füllten sich mit einem klaren schönen Schwarzblau.

3

Auf dem Rücksitz lag Ennis vollgepackte Reisetasche, aus der der blaurote Kopf von Santana herausschaute. Das kleine Auto fuhr zwischen Lastwagen, eine Antilope zwischen Elefanten, und Enni dachte an den Wandbehang bei Herrn Funke.

In deinem Zustand kann ich dir nicht anbieten, was du brauchst, es wäre viel zu gefährlich, du brauchst eine Klinik, hatte er gesagt. Enni hatte die Tiere angeschaut, die immer mehr vor ihren Augen verschwammen, sich in wäßrige Farbkleckse auflösten, sie hatte sich selbst leid getan, aber dann war sie froh, daß jemand etwas für sie entschied. In der Tierschar auf Herrn Funkes Wandbehang sah sie nach und nach wieder lauter einzelne Tiere, sie kamen aus der Steppe oder dem Regenwald, waren dargestellt in bunten, aber ungewöhnlichen Farben, dicht an dicht, ohne daß sie sich gegenseitig den Platz wegnahmen.

Der Papagei war von Jans Fensterbank in Ennis Reisetasche geflogen, fast direkt hinein, nur die kurze Bahnstrecke hatte dazwischen gelegen. In der Bahn hatte Jan ihn festgehalten: Du gehst zu Enni, sie braucht dich, hatte er gesagt, und Santana ging zu Enni. Er sprach nicht, aber man konnte ihm Worte in den Mund legen, er sagte das, was man wollte, und wenn Jan ihn sprechen ließ, klang alles, was aus dem Plüschmund kam, echt.

Ich komm dich besuchen, hatte Jan gesagt, als ihre unbeschuhten Füße sich auf dem Bett berührten, als ihre Füße sich so benahmen, als würden sie sich beäugen, sich aneinanderdrückten, die Zehen miteinander hakelten und Ennis Zehen stärker waren als die von Jan, der nachgab und lachte und nichts sagte, als Enni im Liegen pfenniggroße Stückchen von einem halben Hagebuttenmarmeladenbrot abbiß, während er selbst die anderen dreieinhalb Brote aß und Wolfgang Niedecken immer wieder das Zauberlied sang.

Mit dem Vater konnte Enni schweigen und ihren Gedanken nachhängen, aber mit der Mutter war das schwierig. Bei ihr wollte sie sich ausschütten, endlos wie ein Wasserfall, damit sie sie sah, so, wie sie Joschi sah. Nun hatte Enni die Mutter eine Autofahrt lang für sich gehabt, aber nicht gesprochen; immer wieder hatte sie dicke Klöße geschluckt, die ihr den Hals eng machten, sie mußte würgen, und es dauerte bis die Klöße rutschten sehr lang. Sie hatte ins Straßengrau geschaut, Lastwagenplanen und Automarken gelesen; sie hatte die Mutter nicht mehr angeschaut und irgendwann vergessen, daß sie nicht alleine war.

Der Parkplatz lag zwischen Bäumen, und hinter ihnen konnte Enni einen rundgebauten Gebäudekomplex mit sehr roten Dachziegeln und großen Fenstern erkennen. Nichts war so, wie sie es zwei Nächte zuvor geträumt hatte: Die Klinik war keine Baracke, unter deren Himmel sich ein riesiger Hubschrauberpropeller als Ventilator drehte.

Ich ruf dich an, sagte die Mutter zum Abschied, sie nahm Enni in den Arm, und Enni hielt kurz inne, aber dann machte sie sich schnell von ihr los. Es konnte nicht sein, daß die Mutter sie gerne anfassen mochte, so.
Enni schaute ihr nach, beobachtete, wie sie in ihren kleinen hellgelben Fiat stieg, hörte das vertraute Motorengeräusch, und als die Mutter winkte, hob sie den Arm: Die Hand war ein Kolibri in der Luft, der erst weiterfliegen konnte, als der Mutterfiat nicht mehr zu sehen war.

Im Klinikzimmer vernahm sie keine Flurgeräusche und Bettgeräusche in der Nacht, keine Schreie, die sich mit Stöhnlauten abwechselten, keine Aufzüge, die in Schächten klapperten, nur die Klospülung in den Nebenzimmern. Die Räume waren besser isoliert als Hotelzimmer.
Ihr fehlte der direkte Blick vom Bett aus in den Himmel. Der Himmel war hier nur ein Streifen zwischen dem Balkongeländer und der Betondecke.
Santana saß auf der Fensterbank, und wenn Enni ihn sah, konnte sie Jans Stimme hören, die einzige Stimme, die ihr nicht ganz verlorenging.

Zwischen den beiden Türen zum Zimmer der Therapeutin klaffte ein so großer Abstand, daß Enni ohne Probleme dazwischengepaßt hätte. Diese Doppeltüren erschienen ihr zuerst eigenartig, aber beim Nachdenken sehr vertrauenserweckend; solche Türen hätte sie früher sehr gern zur Großmutterabwehr gehabt.
Ein Schreibtisch trennte Enni von der Therapeutin.
Unter dem Schreibtisch konnten Ennis Füße nicht mit den Therapeutinnenfüßen zusammenstoßen, weil ein Brett, das bis zum Boden reichte, eingezogen war. Wenn Enni mit ihren Fußspitzen ganz an das Brett heranrutschte, konnte sie sich vorstellen, daß ihre Füße mit den Therapeutinnenfüßen durch das Brett hindurch flüsterten.

Wir werden uns nun jeden Tag sehen, sagte die Therapeutin, außer am Wochenende. Immer für eine halbe Stunde, außerdem, sagte die Therapeutinnenstimme ... und Enni hörte ihr zu, wie sie alles erklärte. Es war eine kräftige Stimme, sie zitterte nicht, sie war melodisch und angenehm. Sie ließ sie in ihr Ohr, in den Kopf hinein, und sah eine Katze aus dunklem Holz: Die hatte keinen einzigen weißen Fleck, weil sie geschnitzt worden war und sehr glatt geschliffen, ihre Körperformen stimmten, nur daß sie zu dünn war.
Wie lange muß ich bleiben, fragte Enni.
Was meinen Sie, fragte die Therapeutin, neben deren Tür Schönleb stand, was ein genauso schöner Name war, wie ihn Rosenfeld trug.
Vielleicht sechs Wochen, sagte Enni. Sechs Wochen erschienen ihr eine sehr lange Zeit; sechs Wochen ohne

Schule, ohne wenigstens einmal zur Ballettschule gehen zu können, sechs Wochen ohne ihren eigenen Himmel.
Mmh, sagte die Therapeutin, dann lächelte sie, und Enni war sich nicht sicher, ob sie sich über sie amüsierte.
Sechs Wochen werden sicher nicht reichen, sagte die Therapeutin.
Enni schüttelte den Kopf, ich schaff das, sagte sie.
Die Therapeutin lächelte wieder.
Wieviel sie aß, fragte sie nicht, wieviel sie wog, würde die Waage am nächsten Morgen zeigen, wann alles angefangen hatte, wollte sie wissen, und Enni erzählte es, aber sie sprach nicht von diesem Traum und auch nicht von der Angst, schwanger zu sein.
Die Therapeutin schwieg die meiste Zeit, betrachtete sie interessiert, und Enni mußte deshalb manchmal wegschauen. Sie sah an sich hinunter, auf ihre Oberschenkel, die schmal und flach in den Jeanshosen auf dem Stuhl lagen, sie hätte gerne sehr schnell ihre Hände um die Oberschenkel gelegt, aber das wäre aufgefallen. Ihr war, als ob sie gleichzeitig schwitzte und fröre, sie roch sich selbst und ihren kalten Schweiß.
Für einen Metzger wäre der Name Schönleb wirklich komisch, sagte Enni zur Therapeutin, als die Zeit um war.

Enni mochte Judith nicht. Sie aß drei Tische weiter und starrte sie aus kleinen dunklen Augen an, die nicht freundlich waren, und Enni versuchte, ihren Teller vor Judiths Blicken zu schützen. Sie stellte sich mit dem Rücken zu ihr, lud Quark und Gurke und Knäckebrot auf den Teller und

ging zurück an ihren eigenen Tisch. Die anderen am Tisch aßen normale Dinge. Niemand starrte auf Ennis Teller, auf dem sich beim Frühstück und beim Abendessen immer dasselbe befand und beim Mittagessen das meiste übrigblieb.
Sie wußte, warum Judith da war, das sah sie von weitem, auch warum Gregor und Stefanie und Linda und Michaela da waren, sie sahen alle ungefähr gleich aus. Ihre Namen kannte sie aus der Gruppensitzung, nur Michaelas Name hatte sie schon vorher kennengelernt, weil sich ihre Ellbogen berührt hatten, als sie auf dem Weg zum Speisesaal die Treppe betraten.
Ich bin Michaela, sagte Michaela auf der Treppe, und du?
Enni, sagte Enni.
Wenn Knochen zusammenstoßen, bedeutet das etwas, sagte Michaela.
Was bedeutet das, fragte Enni.
Anziehung, sagte Michaela, mehr sagte sie nicht.
Bis zum Speisesaal gingen die Knochen nebeneinander her. Dann trennten sie sich wieder.

Michaela war schön. Sie war dünn und zart, sie sah aus wie ein Model und für Enni war sie der Inbegriff einer Julia. Michaela saß in der Gruppe neben Gregor, aber Enni wußte nicht, ob das eine Bedeutung hatte. Michaela starrte nur vor sich hin oder auf ihre Hände, die in ihrem Schoß lagen und zitterten. Die Haut um ihre Fingernägel herum war angenagt.
Ich mag nicht vor anderen von mir sprechen, ich verstehe auch nicht, warum ich hierhergeschickt wurde, sagte Michaela, als Frau Schönleb fragte, ob sie vielleicht heute

einmal etwas einbringen möchte. Enni saß ihr im Kreis gegenüber, sie sah, daß Michaela das nicht aus Trotz sagte, sondern Angst hatte.
Ich hab was, sagte Leonard, ich möchte heute.
Leonard wollte Michaela retten.

In Ennis Gruppe hatten alle Angst. Angst vor dem Aufzugfahren, vor dem Alleinsein in geschlossenen Räumen, vor Maschinen, die einen Motor hatten und Geräusche machten, oder vor Gift in der Luft. Angst vor dem Dickwerden, vor Krankheiten, vor dem Schlafen, weil dann die Alpträume kamen, und alle hatten Angst vor der Angst. Dagegen halfen Dünnsein, Essen und Kotzen, immerzu Händewaschen, zehnmal am Tag duschen konnte auch helfen, manche retteten sich, indem sie sich in verdunkelten Räumen verbarrikadierten. Das alles half, aber es half nicht sehr lange. Wegen der Angst riß Leonard sich die Wimpern aus und merkte es nicht.

In der Musiktherapie hörte Enni, wie Michaela mit der Laute nur noch sehr hohe Töne spielte, und schloß sich ihr an. Zusammen schafften sie es, so hohe und schrille Töne zu spielen, daß der laute RüdigermitdemGong sie hören mußte, und er hörte sie, er schaute auf, mit düsterem Blick schaute er einmal nach rechts und einmal nach links und danach für einen Moment geradeaus zur Musiktherapeutin, die ihm gegenübersaß, und er holte aus zu einem Schlag auf den Gong, der alle verstummen ließ, bis der Raum sich vom Gong erholt hatte.

Können Sie sich vorstellen, den Gong einmal so zu schlagen, daß sich die anderen noch hören, fragte die Musiktherapeutin.
RüdigermitdemGong war in sich zusammengesunken, sein Bauch hing zwischen seinen Knien, er erinnerte Enni an ein Zwergschwein, das so unverhältnismäßig dick war, daß sein Bauch im Schlamm streifte. RüdigermitdemGong sah nicht häßlich aus, nur sehr komisch und etwas gesprenkelt. Enni saß hinterm Ficus benjamini und während sie auf der Vogelflöte spielte, beobachtete sie vor allem ihn.

Mit Santana saß Enni auf der Heizung unter dem Fenster und betrachtete die Heidelandschaft und die ziehenden Wolken. Es gab hier mehr Wolken, und sie zogen schneller; zu Hause war der Himmel häufiger klar. Auf der Heizung konnte sie nicht in die Füße atmen, weil der Körper in der Leiste und den Knien gefaltet wurde. Die Luft mochte nicht um Ecken fließen. Die Heizung war warm, und wenn sie mit einem Kissen darauf saß, war sie sogar einigermaßen bequem: Sie war ein Schoß, der ungefährlich war. Eine Heizung war eine Art Legebatterie, eine falsche Mutter zum Ein- und Ausschalten.

Ich werde mit Ihnen nicht über das Essen sprechen, hatte die Therapeutin gesagt, aber mindestens einmal pro Woche begann Enni davon zu sprechen, weil sie wußte, daß Frau Schönleb die Ergebnisse vom Wiegen erfahren hatte. Enni nahm weiter ab: von Woche zu Woche hundert-, zweihundert- oder dreihundertgrammweise.

Ich esse aber wirklich mehr, sagte sie zu Frau Schönleb: wirklich! Sie wog nun sechsunddreißigkommaacht Kilogramm.
Aber anscheinend immer noch viel zu wenig, antwortete die Therapeutin, so, wie jedesmal. Mehr sagte sie dazu nicht.

Nahrungsmittel waren nur noch Zahlen, hohe und niedrigere Zahlen, monströse Zahlen, von denen träumte Enni in der Nacht, sie überwältigten sie in Form von Torten, Schokoladentafeln, Nutellagläsern und großen runden Käselaiben, und wenn sie die Träume Frau Schönleb erzählte, sagte diese mit freundlicher, aber fragender Stimme: Das alles würden Sie gerne essen?
Damit brachte sie Enni zum weinen.
Am Heizkörper in ihrem Zimmer machte sie jetzt ihre Übungen; es waren Dehn- und Streckübungen, sie versuchte, sie mit derselben Präzision auszuführen, wie zu Hause an ihrer Ballettstange, sie waren gut für die Muskulatur, sie mußte für das Tanzen in Form bleiben. Bei den Liegestützen neben der Heizung taten ihr die Handknochen weh, sie stützte die Hände auf ihr Kopfkissen, schaffte fünfundzwanzig, legte sich mit dem Rücken auf eine zusammengefaltete Steppdecke und machte Klappmesser; sie faltete sich fünfzehnmal zu einer schmalen Linie, stieß mit den Ellbogen gegen die Knie und hörte die Knochengeräusche nicht.
Seit sie nicht mehr mit anderen Körpern in Berührung kam, war sie nur noch manchmal in der Nacht in ihren Träumen schwanger.

Jede halbe Stunde fuhr von der Klinik ein Bus in die Stadt und wieder zurück, aber Enni nahm ihn nicht. Sie steckte ihre Laufschuhe in den Rucksack, nahm den Weg durch das Wäldchen, der ein Umweg war, tauschte erst dort ihre Straßenschuhe gegen die Joggingschuhe, damit sie niemand dabei sah, dachte an die Bewegung von Marathonläufern und ahmte deren Gang nach. Kurz vor der Stadt zog sie die Straßenschuhe wieder an, schwitzte und hörte ihr Herz klopfen, zählte die Schläge und betrachtete ihre Hände und Unterarme und sah, wie unter der dünnen Haut Adern dicke blaue Tunnel bildeten.

Sie kaufte sich eine Flasche Wasser und eine Brezel, trank das Wasser und aß ein kleines Stückchen von der Brezel, aß manchmal nur das Kreuz und steckte den Rest in den Rucksack. Am Stadtrand fütterte sie die Enten und Schwäne.

Manchmal bekam sie nach dem Laufen Angst, weil das Herz raste und die Beine zu zittern begannen. Sie legte sich auf ihr Bett, atmete in die Füße, stellte sich vor, wie die Luft durch ihren Mund zog, sah die Landschaft im Mund vor sich, Täler und Schneeberge, eine Wiese auf einem Hügel und über allem der Mundhimmel; sie sog Luft ein und hörte zu, wie der Wind über ihre Landschaft fegte, und stellte sich das Segel am Gaumen vor, das die Luft lenkte. Sie wurde ruhiger und entschied, nicht mehr zu laufen.

Zwei Tage später mußte sie es wieder tun.

Bei sechsunddreißigkommafünf Kilogramm sagte Frau Schönleb, daß es bei fünfunddreißig endgültig genug sei.

Was passiert dann, fragte Enni.
Dann werden wir Sie künstlich ernähren.
Das passiert nicht, sagte Enni.
Sie war nun schon mehr als vier Monate in der Klinik.

Manchmal, abends, wenn Enni ganz alleine durch den langen, hellen Gang zu ihrem Zimmer ging, spürte sie, wie ihre Füße sie in die Höhe hoben, es zog sie auf halber Spitze den Gang entlang, sie wagte keine Pirouetten, keine Sprünge, aber sie erfand einen Tunneltanz, ein leichtes Schweben an Wänden entlang, ein Gefühl als flöge sie, als entflöhen ihre Füße dem Boden, und sie ließ sich davon bis in ihr Zimmer tragen.

Obwohl sie inzwischen das dünnste Mädchen in der Klinik war, sah Enni noch Fett an ihren Oberschenkeln.
Du spinnst, sagte Michaela zu ihr, die schon lange nicht mehr so dünn war, du siehst falsch, sagte sie.
Du bist doch dünner als ich, sagte Enni, hier, sagte sie und zeigte auf ihre Oberschenkel, Fett, sagte sie.
Michaela schüttelte den Kopf, dann lachte sie.
Wenn sie sich von Enni verabschiedete, legte sie ihren Unterarm an Ennis Unterarm.

Man tut doch sein Bestes, sagte der Vater in der Familientherapie.
Sie meinen, Sie haben ihr Bestes getan, sagte Frau Schönleb.

Ja, sagte der Vater, ja, sagte die Mutter, sie sagten das beide im Chor.
Das glaube ich Ihnen gerne, sagte Frau Schönleb.
Dann schwiegen alle. Es war ein unerträgliches Schweigen, es war ein Schweigen, in dem Enni sich zurückzog in ihre Gedanken oder zur bewegungslosen Katze ohne Fell, die nun zwischen Frau Schönleb und der Mutter saß.
Wenn die Katze den Kopf bewegte, an wem würde sie ihn reiben, an Frau Schönleb oder der Mutter, und warum mußte es überhaupt immer Entscheidungen geben, warum?
Schade, daß die Katze sich nicht bewegen kann, sagte Enni in das Schweigen hinein.
Die Mutter reagierte nicht, und Joschi reagierte auch nicht, der Vater schaute Enni an.
Was würde sie denn tun, die Katze, fragte Frau Schönleb.
Das Zimmer verlassen, sagte Enni.

Es war ihr unangenehm, daß die Familie ihretwegen insgesamt fast sechs Stunden im Auto saß. Es war ihr unangenehm, zu viert vor Frau Schönleb zu sitzen und zu schweigen.
Es war besser, wenn sie wütend waren, leider waren sie in der Familientherapie fast nie wütend, nur manchmal war es die Mutter, weil sie glaubte, man gebe ihr die Schuld.
Es geht hier nicht um Schuld, sagte Frau Schönleb zur Mutter.
Manchmal konnten sie danach sprechen, über die Großmutter zum Beispiel und darüber, was man nicht sagte, obwohl man es gerne tun möchte.

Nach der Familientherapie waren immer alle traurig, nur Joschi war wütend. Du bringst alles durcheinander, sagte er. Wegen dir machen wir diesen ganzen Scheiß. Ich will fahren, sagte er.
Enni war froh, wenn sie danach fuhren.

Sie hatte die Vogelflöte mit Bongos ausgetauscht, sie saß nun in einer Ecke ohne den großen Ficus benjamini, aber sie beobachtete immer noch alle und war froh, wenn sie in Ruhe gelassen wurde. Beim Trommeln sah sie Tiere, die anfingen, sich zu bewegen.
Am Wochenende würde Jan zu Besuch kommen, und Enni war sich nicht sicher, ob sie sich freuen sollte. Jan würde enttäuscht sein, wenn er sah, daß sie noch immer nicht zugenommen hatte. Alle waren darüber enttäuscht.
Anja, wo waren Sie denn gerade, fragte die Musiktherapeutin Enni nach dem Spiel.
Bei den Tieren, sagte sie.
Dort scheint es sehr traurig zu sein, sagte die Musiktherapeutin.
Nein, gar nicht, sagte Enni.
Vielleicht waren Sie ja auch noch woanders?
Enni antwortete zuerst nicht auf die Frage der Musiktherapeutin, sie zuckte mit den Schultern und dachte nach: Ich weiß nicht, wo ich war, sagte sie.
Haben Sie die Traurigkeit in Anjas Spiel auch gehört, fragte die Musiktherapeutin die anderen.
Der Maler nickte; er war ein wenig älter als sie, vielleicht dreiundzwanzig. Er sah hübsch aus mit seinen langen

Lockenhaaren und den bunten Hemden. Er trug eine Kette um den Hals mit einem Amulett, das einen Deckel hatte. Enni hätte gerne gewußt, wer oder was sich dahinter verbarg.
Sie ist doch immer so traurig, sagte Michaela.
Vielleicht ist sie ja eigentlich auch wütend, sagte Rüdiger und schaute zwischen der Musiktherapeutin und Enni hin und her.
Quatsch, sagte Enni.

Manchmal bekam der Himmel nun kleine dunkle Punkte, lauter Mückenschisse hingen am Himmel, und sie bekam Angst. Etwas stimmte nicht mit ihren Augen, sie spürte den Krebs im Kopf und ein Rauschen.

Der Passat von Jans Vaters war lang genug, um ausgestreckt darin liegen zu können, wenn man den Rücksitz ausbaute. Jan schlief in der Nacht auf dem Klinikparkplatz unter einer Birke, die noch keine Blätter hatte.

Der Passathimmel war nicht besonders hübsch anzuschauen, aber wenn man die Heckklappe öffnete, schien die Sonne auf den Körper, und es war ein Gefühl, als läge man in einem Strandkorb. Am Waldrand schaute der Vaterpassat nach Norden, und Enni und Jan blickten im Liegen nach Süden, BAP lag in der kühlen Luft, die nicht mehr nach Winter roch, und Jan verstand wirklich nicht, warum Enni immer noch so dünn war.
Enni sprach nicht, sie wollte nur friedlich neben Jan liegen,

wollte ihn spüren, wenigstens am Bein. Er lag neben ihr, sie sah ihn, er sprach mit ihr, und sie antwortete ihm, und immer wieder bildeten ihre Unterschenkel miteinander Kreuze, aber sie spürte ihn nicht, er war durch irgend etwas von ihr getrennt, er war wie hinter Glas, oder Enni war hinter Glas. Sie war traurig, und Jan war traurig und fragte: Soll ich wieder fahren? Mitten in den Sonnennachmittag hinein fragte er das, und Enni begann zu rennen. Sie rannte über die Wiese, und Jan rannte hinterher.

Dann fuhr Jan nicht.

Sie saßen in einem Musikcafé am Abend, spielten Flipper, und irgendwann warf Jan ein Markstück in einen Geldspielautomaten, und sie standen zusammen vor dem bunten Geldspielautomaten, verfolgten die blinkenden Felder und Lichter, und Jan drückte ab und zu auf eine Taste. Dann kam Geld. Zuerst kam die Mark wieder heraus und einige Zehn-Pfennig-Stücke, dann kamen einige Markstücke wieder heraus und einige Fünfzig- und Zehn-Pfennig-Münzen. Sie warfen alles Geld, das herausfiel, wieder in den Automaten, bis der Automat schließlich laut klakkerte und sich entleerte, als hätte er allerschlimmsten Durchfall. Jan lachte, raufte sich die Haare, strahlte, staunte, sagte: Und ich hab doch keine Ahnung wie das geht, und Enni lachte auch, aber sie dachte auch an Judith, die bestimmt so kotzte wie dieser Automat.

Ich lade dich ein, sagte Jan, seine Geldtüte, auf der ALDI stand, in der Hand, chinesisch, oder, fragte er, dann verschwand sein Lachen so schnell, wie es gekommen war, es verlor sich hinter einer gerunzelten Stirn. Er hatte in Ennis Augen gelesen.

Ich habe doch zu Abend gegessen, sagte Enni, sie zählte, sie war schon bei Tausend, sie war sogar schon darüber hinaus. Ich aber noch nicht, sagte Jan, Pommes, sagte er, immer nur Pommes, komm, bitte, ich brauch was Richtiges. Das Lächeln kam wieder in sein Gesicht.
O.k., sagte Enni, ich komm mit.
Jan aß Pekingente, süß-sauer, davor Frühlingsrollen und danach Banane gebacken, und Enni aß Reis mit Gemüse, scharf, weil sich durch Scharfes schneller die Kalorien verbrannten, weil sie von scharfem Essen vielleicht sogar Durchfall bekäme. Was man denkt, weiß niemand, es sah gut aus, wenn sie aß, und Jan war glücklich: Enni aß.
Er sah das Zögern von den Stäbchen in Ennis Händen nicht, er war so hungrig und so froh, daß Enni mitgekommen war, daß er nicht bemerkte, wie diese Stäbchen manchmal klapperten, als wären sie Eichelhäher und stießen Warnrufe aus.

Der Durchfall kam nicht in der Nacht, deshalb gab es für Enni kein festes Frühstück am nächsten Morgen, sondern nur Schwarztee. Dafür packte sie Sonntagskuchen vom Bufett ein, so daß es niemand sah, denn wenn es jemand sah, konnte er denken: Sie ißt heimlich, und wer heimlich aß und so aussah wie Enni, der kotzte auch. Der Sonntagskuchen war das Frühstück für Jan.
Der Durchfall kam nach dem Frühstück.

Jan nahm sie nicht richtig in den Arm, bevor er fuhr, er nahm ihre Hand, er drückte Enni nur sehr leicht an sich, er hatte Angst, das sah Enni, er wollte ihr nicht zu nahe kom-

men, er war ihr nicht zu nahe gekommen, aber näher als sonst jemand.
Bis bald, sagte er, ich ruf an.

Was will er nur von mir, fragte sich Enni, warum mag er mich immer noch so.
Findest du mich häßlich, hatte sie ihn gefragt.
Nicht mehr so schön wie früher, hatte Jan geantwortet, aber immer noch ein bißchen schön.

Mit der Mutter wollte sie einen Spaziergang machen, aber die Mutter wollte nicht, du willst doch nur rennen, sagte die Mutter, komm, wir gehen in ein Café.
Sie gingen in das Musikcafé, in dem Enni eine Woche zuvor mit Jan gewesen war. Die Mutter trank Milchkaffee und Enni Wasser.
Sie waren lange still.
Wie soll es nur weitergehen, fragte die Mutter.
Weiß auch nicht, sagte Enni. Sie war sich nicht sicher, ob sie die fünf Kalorien der Zitrone im Wasser auch mitrechnen sollte. Mit den Fingern fischte sie die Zitrone aus dem Glas.
Was machst du, fragte die Mutter.
Ich mag das nicht, sagte sie. Ich mag das Wasser nur pur.
Enni, ich kann dir nicht mehr zuschauen, sagte die Mutter nach zwei Stunden.
Enni verstand das nicht. Sie saßen im Café, und sie tat überhaupt nichts. Nur manchmal hatte sie das Gefühl, ihre Füße wollten sich bewegen, dann machte sie Paddelbewe-

gungen unter dem Tisch, damit sie sich wieder beruhigten. Manchmal schaute sie zu, wie die Mutter in einer Zeitschrift blätterte.

Wobei denn zuschauen, fragte Enni.

Beim Denken, sagte die Mutter, ich frage mich, worüber du die ganze Zeit so angestrengt nachdenkst. Ich sehe deinen Kiefer und deine Zähne durch deine Wangen hindurch. Deine Zähne arbeiten. Sie beißen.

Laß mich, sagte Enni. Fahr bitte, dachte sie.

Ihr Gehirn rechnete immer genauer.

Die Mutter wollte erst fahren, nachdem sie Enni zum Abendessen in der Klinik abgeliefert hatte. Sie gab Enni ein Päckchen. Vielleicht habe ich etwas falsch gemacht, sagte sie, aber wenn, dann war es keine Absicht.

Im Päckchen steckten Sportschuhe, sie hatten Mädchen- und Jungsfarben in einem, sie waren hellblau mit rosaroten Flügeln, die Flügel waren von Nike.

Als Ennis Füße in die Sportschuhe stiegen, stieß der linke Zeh auf einen Widerstand; es war eine kleine harte Papierrolle, umwickelt mit einem grünen Band, sie steckte im Schuh wie eine Schnecke in ihrem Haus.

Der Brief war noch viel schöner als die Turnschuhe. Enni hielt ihn in den Himmel. Die Mutterwörter sahen schön aus. Sie lag auf dem Bett und hielt den Brief in ihren Händen, immer wieder hielt sie ihn gegen das Licht und betrachtete das Wasserzeichen, das wie eine Lotusblume aussah. Als sie die Blume und die Wörter wieder zusammenrollte und zurück in ihr Haus legte, kannte sie sie auswendig.

Vor dem Schlafengehen rief Enni zu Hause an. Als die Stimme des Vater am Apparat war, legte sie wieder auf. Sie rief noch einmal an. Sie rief so oft an, bis endlich die Stimme der Mutter am Telefon war, dann legte sie wieder auf und rief nicht mehr an. Das machte sie immer so, wenn die Mutter zu Besuch gewesen war, aber die Mutter durfte es nicht wissen.

Am Montag beim Wiegen zeigte die Waage fünfunddreißigkommaeins Kilogramm.
Noch nicht, sagte Enni, als sie das sah, noch hundert Gramm, sagte sie triumphierend zu Schwester Henriette.
Und dann, fragte Schwester Henriette.
Nichts, sagte Enni. Das passiert nicht.

Frau Schönleb und Enni standen sich gegenüber im Zimmer neben der schwarzen haarlosen Katze, und Enni stellte sich vor, daß die Katze plötzlich Haare bekäme und durch den Raum schnurrte, daß sie an ihren Beinen entlangstrich, an den Beinen von Frau Schönleb, und daß man am Geruch den Weg der Katze verfolgen konnte. Ich möchte Sie nicht sterben lassen, hatte Frau Schönleb gesagt, und das war ein schöner Satz.

Enni mußte umziehen.
Von ihrem normalen Zimmer zog sie in ein Zimmer, das ein Krankenbett hatte.
Als sie sich ins Krankenbett legte, schaute sie auf Santana zu ihren Füßen, und die Turnschuhe mit dem Mutter-

brief stellte sie auf das Nachtschränkchen neben ihrem Bett.
Ich hätte noch abhauen können, sagte sie zu Santana.

Der Arzt, der ihr den Schlauch in die Nase schob, war so lang und dünn wie sein Bart, und Enni sah auf die zusammengezwirbelten Bartenden, während sie versuchte, ruhig zu atmen, weil sie Angst hatte, daß es weh tun könnte an der Stelle, an der der Schlauch von der Nase in den Mund einbiegen mußte.
Der Schlauch reizte sie in der Nase, am Mundrücken und im Hals, sie schluckte, schluckte und schluckte, dann wurde der Schlauch von einem Pflaster umwickelt und das Pflaster wurde an ihrer Nase festgeklebt.
Der Arzt drückte ihr freundlich den Unterarm und ging. Enni blieb mit Schwester Henriette allein.

Sie roch Banane, als Schwester Henriette eine sehr große Plastikspritze in die Glasflasche tauchte und die Spritze mit der Hälfte des Flascheninhalts aufzog.
Die Spritze wurde in das Ende von Ennis Nasenschlauch gesteckt, und dann floßen langsam zweihundertfünfzig Milliliter Flüssigkeit in Ennis Körper hinein, und Enni wußte, daß das nun jede Stunde geschehen würde.
Sie wehrte sich nicht, obwohl sich alles in ihr wehrte, sie wollte nicht dick werden.
Ihr macht mich fett, sagte sie, sie sah sich aufgeschwemmt und drall, sie hörte, wie es in ihrem Darm arbeitete, legte die Hand auf den Bauch und spürte das Meerschweinchen, das kein Kind mehr war.

Keine Angst, sagte Schwester Henriette, dick machen wir Sie nicht, nur weniger dünn.

Enni war müde, roch Banane, später Vanille und noch später Schokolade und wurde von Stunde zu Stunde kleiner. Dreitausend Kalorien pro Tag flossen nun in Etappen in Ennis Schlauch hinein, über ihre Brust hinweg, in ihre Nase und durch den Schlauch hinunter in ihren Magen. Ein Reflex zwang sie zu schlucken, wenn die Flüssignahrung durch den Hals floß. Der Schlauch bewegte sich dabei, als würde er selbst geschluckt.

Man hatte ihren Körper lahmgelegt.
Das ist das Beruhigungsmittel, sagte Frau Schönleb.
Ich kann auch ohne, sagte Enni.
Das glaube ich nicht, sagte Frau Schönleb.
Frau Schönleb blieb nicht lange, keine halbe Stunde, sie sah traurig aus.
Nicht traurig sein, sagte Enni zu ihr, aber dann weinte sie.
Ich werd schon wieder gesund, sagte sie.
Frau Schönleb drückte Enni die Hand: Sie müssen das wollen.
Ich, sagte Enni, als Frau Schönleb weg war. Ich, ich, ich, sagte Enni. Es dämmerte schon, und Santana saß im Halbdunkel.
Ich, ich, ich, sagte sie noch einmal zu Santana, als es klopfte und der Maler zu Besuch kam.
Ich fahr ja bald, sagte der Maler, dann las er ihr eine Sufi-Geschichte vor, die Enni sofort wieder vergaß. Ich schenk sie dir, sagte er, und legte das Buch auf ihre Bettdecke.

Wärst du nicht so dünn und so klein, ich hätte mich sehr in dich verliebt, sagte er.
Ich bin nicht klein, sagte Enni.
Ja und nein, sagte der Maler.
In einer Woche fahr ich, sagte er und legte ihr seine Adresse auf die Bettdecke. Ich glaube, du wirst mal eine schöne Frau, sagte er, dann ging er.

Der Maler kam eine Woche lang täglich nach dem Abendessen bei ihr vorbei. Manchmal las er ihr Sufi-Geschichten vor, manchmal erzählte er von RüdigermitdemGong und manchmal von Marlene, die zu Hause war und ein Kind von ihm erwartete, aber er wollte kein Kind: Das paßt doch nicht zu mir, ein Kind, sagte er, obwohl, sagte er, seit ich hier bin, er überlegte. Aber die Frauen, sagte er, es gibt so viele schöne Frauen. Wie kann man sich da entscheiden? Dann schwieg er und dachte nach. Er schob seine Hand in den Bauch von Santana: Du mußt gesund werden, unbedingt, sagte der Papagei, komm mich besuchen!
Ich bin doch da, sagte Enni.
Der Papagei kicherte.

Als der Vater und die Mutter zu Besuch kamen, lag Enni schon dreißigtausend Kalorien lang im Bett.
Wenn sie sich am Morgen duschte, waren ihre Hände vorsichtig beim Einseifen der Haut; die Hände strichen über ihren Körper, als sei er ein fremder, sie suchten die Rippenbögen, fanden sie, tasteten nach den Haifischflossen an den Hüften, den tiefen Kuhlen oberhalb des Schlüsselbeins und den Höhlen unterhalb der Wangenknochen. Die

Höhlen waren nicht mehr da. Ennis Gesicht war weicher geworden.
Sie machte die Kontrollgriffe: Es ging noch!
Bevor die Eltern kamen, hatte Enni die Turnschuhe mit dem Mutterbrief in ihren Kleiderschrank geräumt. Der Brief sah schon etwas verschrumpelt aus, weil Enni ihn abends vor dem Einschlafen und morgens nach dem Aufwachen durchlas, obwohl sie ihn schon auswendig kannte.

Ich bin froh, daß es so gekommen ist, sagte die Mutter. Du wärst gestorben.
Enni sagte nichts.
Und wenn, dachte sie, und daß sie so etwas nicht denken durfte. Alles war egal geworden, sogar das Tanzen.
WeißeFüße kommt seltener, seit du nicht mehr da bist, sagte der Vater, ich glaube, er vermißt dich.
Das mußt du ihr doch nicht erzählen, sagte die Mutter.
Doch, sagte Enni.
Die Mutter schaute aus dem Fenster. Sie war traurig, weil Enni ekelhaft zu ihr war, das wußte Enni.
Du hast doch noch Joschi, sagte sie, wenn die Mutter sagte, daß sie ihr fehle. Du hast doch deine Patienten, sagte sie. Muß man krank werden, damit du dich interessierst, fragte sie.
Enni wollte ekelhaft sein, sie mußte ekelhaft sein, sie kannte keine andere Möglichkeit.
Als die Eltern fort waren, holte sie die Turnschuhe wieder aus dem Schrank und las den Brief. Am Anfang hatte er noch nach dem Parfüm der Mutter geduftet.

Enni mußte vier Wochen lang im Bett liegen. Sie hatte täglich mit beiden Händen um die Oberschenkel gefaßt und darauf gewartet, daß der Tag kommen würde, an dem das nicht mehr ging. Der Tag kam lange nicht. Als der Tag da war, war das weniger schlimm als die Leere, die von Tag zu Tag größer wurde, weil sich die dreitausend Kalorien sowieso ohne ihr Zutun durch den Schlauch in ihren Körper hineinzählten.

Frau Schönleb kam jeden Tag, fünf Tage die Woche, vier Wochen lang täglich, für eine Viertelstunde zu Enni, setzte sich an ihr Bett und wartete, bis sie erzählte. Und Enni erzählte etwa drei Wochen lang, daß sie Angst habe, nun fett zu werden, fett und häßlich, und daß sie gerade schon vollkommen außer Übung komme und noch viel unbeweglicher werde mit dem ganzen Fett, daß sie das Ballett nun vergessen könnte und das Leben auch. Schluß, alles vorbei, sagte sie.

Enni sah sich bestenfalls im Bärenkostüm auf der Bühne, etwas gedrungen und rund, sie zeigte auf ihr Gesicht, das sie pausbäckig und drall fand, so wie die Wangen ihrer alten allerhäßlichsten Babypuppe, die sie seit Jahren nicht mehr angerührt hatte, die seit Jahren im Schrank saß, die genauso wie sie mit dem Fläschchen gefüttert wurde, aber im Gegensatz zu ihr immerzu «Hunger» schrie, wenn man sie bewegte. Sie schrie es, wenn sie vom Schrank fiel, wenn man sie in die Ecke warf, schrie es beim Kämmen, beim Umkleiden, beim Drehen vom Rücken auf den Bauch. Die hungrige Puppe schrie nicht, wenn man ihr das Fläschchen zwischen die Lippen steckte und daran pumpte.

Wenn sie still in der Ecke saß, sah sie sehr vorwurfsvoll aus. Deshalb saß sie seit Jahren im Schrank.
Fühlst du dich denn wie eine Puppe, fragte Frau Schönleb.
Enni zuckte mit den Achseln, gar nichts fühl ich, sagte sie.
Dafür hast du gerade aber recht viel gesprochen, antwortete Frau Schönleb.

Nach drei Wochen an der Flasche und drei Wochen Jammern fiel ihr nichts ein, was sie noch erzählen oder besprechen konnte, alles war gesagt. Sie hatte keine Ahnung, was noch kommen sollte.

Manchmal kam Michaela vorbei, redete sehr viel, wollte in vier Wochen nach Hause gehen, war schon zur Probe zu Hause gewesen, das ging ganz gut, sagte Michaela, aber ich muß weg, sie beobachten mich zu Hause; ich studiere Medizin, sagte Michaela, sicher, im Herbst studiere ich Medizin, sagte sie, und Enni glaubte ihr.
Manchmal flog die Tür von Ennis Zimmer auf, nachdem es einen Schlag gegen die Tür gegeben hatte, als wolle jemand die Tür eintreten; dann kam Maria, der ein Junge war.
Maria hatte immerzu über das Vergiftetwerden geredet, und er hatte immer noch Angst: Er konnte nicht allein sein in seinem Zimmer, weil es zu still war.
Maria machte eine ganze Drehung in der Tür, lachte, vollführte Bewegungen vor Ennis Bett wie beim Fußball, holte aus zum Freistoß, zum Elfmeter, schoß Tore mit den Füßen und dem Kopf, jubelte und machte schließlich einen einarmigen Handstand.

Enni mußte lachten.
Maria lachte auch, er konnte mit den Ohren wackeln und dabei Geräusche mit dem Bauch machen.
Ich geh zum Film, sagte er.
Er sah hübsch aus, er hatte Locken wie Jan, aber sie waren dunkelbraun. Er war zwanzig, ein halbes Jahr älter als Jan. Er hatte das Haus nicht mehr verlassen können und deshalb seine Schreinerlehre abgebrochen, er hatte nur noch von Mutteressen gelebt. Er war in die Klinik gekommen, mit einem schwarzen Kaninchen in einem Käfig und war sich sicher, daß im Essen Bakterien und Viren waren, alles war verseucht, deshalb hatte er wochenlang nur die Flaschennahrung getrunken, die auch durch Ennis Schlauch floß, aber nach sechs Monaten begann er schließlich normal zu essen.
Jetzt hatte er aufgehört, sein Kaninchen mit Fleisch zu füttern, er wird einfach kein Kampfhase, sagte er; ich brauch das auch nicht mehr. Marias Kaninchen hieß Spencer, wie Bud Spencer, wohnte auf Marias Balkon und bekam nun Möhren und Salat und Äpfel.
Ich werde zu Hause ausziehen, ich zieh in eine WG, sagte Maria, das muß sein, wegen Mama.
Vielleicht würde Enni sich mal in einen wie Maria verlieben, in einen, der ernst war und unernst zugleich.

Mit Schwester Henriette spielte Enni Mühle, mit Bernd, dem Pfleger, schwieg sie oder starrte in ihre Tasse, in der die Flüssignahrung Schlieren über den Rand zog. Sie trank, was ihr vorgesetzt wurde, seit der Schlauch aus ihrer Nase gezogen worden war, sie tat es, weil sie nicht wußte, was sie sonst hätte tun sollen. Beim Essen kämpfte sie mit ihrer Lust. Sie wollte nicht zuviel essen, damit sie nicht so schnell zunahm. Sie wünschte sich, dabei zuschauen zu können, wie sie mehr wurde, weil sie irgend etwas erleben wollte. Enni ging es schlecht. Von Tag zu Tag ging es ihr schlechter, obwohl sie trank und aß und nicht mehr abnahm. Sie war leer, es beschäftigte sie nichts mehr. Absolut nichts.

Unter dem Himmel sah sie dicke Äste, sie betrachtete Heizungsrohre, die an Zimmerdecken entlangglitten, bemerkte freischwebende Deckenbalken und hohe Brücken von tiefen Tälern aus. Die Gedanken an den Tod rückten immer näher, sie hasteten durch ihren Kopf, als wären sie von einer Gefahr in die Flucht geschlagene Tiere, dabei waren die Gedanken selbst am bedrohlichsten.

Ich habe vor mir selbst Angst, erzählte Enni, und was sie am Himmel sah.

Frau Schönleb entschied, daß Enni das Haus in der nächsten Zeit nicht mehr alleine verlassen durfte. Deshalb war Enni sowieso schon im Haus, als Tausende Kilometer entfernt der Reaktor des Atomkraftwerks explodierte und nicht nur dort alles verstrahlt wurde. Sie stand am Fenster ihres Zimmers und versuchte zu sehen, was nicht zu sehen war. Sie saß in der Eingangshalle der Klinik, legte den Kopf in den Nacken und schaute in den Himmel, der nicht anders aussah als zuvor.

Maria kam, ließ sich neben Enni in den Sitz fallen, schaute mit ihr durch die Fenster, die wie Schwalbennester am Klinikhimmel hingen, ganz grau, sagte er, alles Einbildung, sagte er, sieht aus wie immer.

Ist aber nicht wie immer, sagte Enni.

Ja, sagte Maria, er paddelte mit den Füßen, wie Enni es manchmal tat, wenn die Füße loslaufen wollten, oder wie eine Aufziehente für Kinder, wenn man sie festhielt, er schüttelte den Kopf, genauso wie Enni es früher oft getan hatte, wenn sich die Gedanken neu sortieren sollten.

Daß so viele Menschen nun plötzlich das erleben müssen, wovor ich die ganze Zeit Angst gehabt habe, das ist schon ziemlich verrückt, sagte Maria, alles verseucht, wirklich, die können jetzt nichts mehr essen dort. Er rieb seine Fußsohlen in den Turnschuhen über den Teppichboden, immer wieder. Sie schwiegen, und Enni schaute nach oben zu den Dachfenstern; Johannes der Täufer am Kirchenhimmel fiel ihr ein, zum erstenmal dachte sie wieder an Bilder von früher.

In die Musiktherapie ging sie nicht mehr, aber das war auch egal, weil der Maler und RüdigermitdemGong und all die anderen nacheinander abgefahren waren, nach Hause: Enni war die einzige, die noch da war aus ihrer Musiktherapiegruppe; zusammen mit Maria, Gregor und Judith war sie aus der Truppe der Ängstlichen übriggeblieben.

Während der Wochen, in denen Enni nicht alleine nach draußen durfte, setzte sie sich zu Ilma, die neu war, weiße Birkenstockschuhe trug und einen Pullover aus leuchtendblauer Mohairwolle strickte. Enni schwieg und beobachtete, wie die Wollhaare über die Stricknadeln glitten, und manchmal blies sie vorsichtig Luft durch ihre Lippen auf Ilmas Wolle; sie machte Wind für die toten blau eingefärbten Schafe, während Ilma Ich-sagen übte.

Zweimal die Woche malte Enni Schneckenhäuser, deren Hauseingänge Abgründe waren oder leere dunkle Höhlen, in denen nichts lebte. Sie malte Waschmaschineninnenräume während des Schleudervorgangs, Innenräume von Kaffeemühlen während des Mahlvorgangs, Innenräume von Mixgeräten, während Karotten kleingemacht wurden, sie malte den Rheinfall im Fall, den Rheinfall, wenn er unten ankam: Wasser im Strudel. Sie malte Strömungsbilder, Tiefseebilder ohne Fische, Waldbilder ohne Tiere, und auch die Wüste war leer. Sie malte mit Händen auf großen Papieren und fand nach und nach Gefallen an der cremigen dicken Farbe, aus der irgendwann ein ziemlich dunkelroter Elefant wurde, der blauen Rauch ausstieß. Bald danach liefen bunte Ameisen durch die Wüste, verirrte sich eine weiße Ziege im Wald und ein blauer Tanzbär auf Treppen, von denen man nicht genau wußte, wohin sie führten. Das Wasser belebte sich und wurde bunt von Blumen, die für gewöhnlich anderswo blühten, und von Fischen aus der Raritätensammlung einer Meeresstation mit Spezialgebiet Kunstfisch. Eines Tages schwamm im Wasser die Waschmaschine, die in der Maltherapie einige Sitzungen zuvor noch Schleudervorgängen mit tausend Umdrehungen hatte standhalten müssen.

Es war ein Sonntag, an dem Enni plötzlich wußte, daß sie Rotwein trinken wollte am Meer; ein Feuer machen und Rotwein trinken am Meer.
Mit Maria hatte sie zwei Tage zuvor in den Himmel geschaut und trockene Luft geatmet, der man nichts angemerkt hatte von den radioaktiven Strahlen, die immer noch da waren.
Beim Atmen ist das nicht gefährlich und außerdem, hatte Maria gesagt, nicht so schlimm, daß wir von diesem einen Abend sterben müssen. Er hatte gelacht, über sich selbst vielleicht und daß er so etwas sagen konnte.
An jenem Abend unter dem verstrahlten, aber schönen Himmel hatte Enni überlegt, daß sie Mathematik studieren könnte, wegen der Unendlichkeit, wegen der Exponentialfunktion, die ihr sehr gefiel aufgrund der Berechenbarkeit und der Gewißheit, daß Unendlich schon irgendwo war, wenn man nur lange genug an einer bestimmten Linie entlangdachte. Das sah man daran, daß diese unendlich weit entfernten Sterne und Sputniks am Himmel so nah waren, daß man sie sehen konnte ohne ein Fernglas, daß man sich vorstellen konnte, sie zu Fuß zu erreichen, wenn man nur immer weiterging, am Himmel entlang.
Maria hatte nicht gelacht.

Maria war gefahren; am Samstag war sein Vater gekommen, hatte Taschen, einen Fußball und den Käfig mit Spencer in einen alten hellblauen VW-Bus gepackt, und Enni hatte es zugelassen, daß Maria sie zum Abschied umarmte, daß sie sagten, sie sehen sich wieder.

Maria sprang in die Luft, schoß ein Tor, lachte und verschwand durch den Haupteingang.

Am Montag nach jenem Sonntag erzählte Enni Frau Schönleb von der Mathematik, Maria, den Sputniks, dem Rotwein und dem Meer. Schon vor dem Erzählen wußte sie, daß es ihr besser ging, sie wußte es auch, als sie sich an die Schuldgefühle erinnerte, die immer und immer wiederkamen, die sie von irgendwoher anfielen und die sie zu tragen hatte wie ein Kamel seine Höcker oder wie eine Schwangere ihren dicken Bauch. Eine Schuld, von der sie nicht wußte, woher sie kam, die nur durch Sprechen gemildert wurde, wie jetzt, wenn sie darüber redete, wie Joschi fast ertrunken wäre. Daß es Eifersucht auf Joschi war, die ihr schlechte Gedanken machte, und daß sie glaubte, alles, was sie dachte, würde auch wahr werden: Innen und außen vermischten sich. Ihre schlechten Gedanken mischten sich in ihr Leben ein und ihr Leben sich in die schlechten Gedanken. Ohne daß sie es wollte, quälte sie sich damit, daß sie alles, was um sie herum passierte, auf sich selbst und ihre Phantasien bezog.

Sie hatte nur zweimal in ihrem Leben Rotwein getrunken, und er hatte ihr nicht besonders gut geschmeckt, aber das war nun egal, Rotwein bedeutete nun etwas Besseres. Irgendeine Art von Freiheit bedeutete er und ein Leben ohne die Zahlen.

Sie legte die bestrumpften Füße auf das Mäuerchen des Balkons, wackelte mit ihnen, so daß es aussah, als würden sie winken, gelb winkten sie, und auf dem Fahrradweg kamen ältere Menschen vorbei, die es nicht sahen, aber Enni sah sie und sah auch, daß die Bäume knallgrün geworden waren.

Sie stand auf, stellte den Schreibtischstuhl zurück in ihr Zimmer, zog die Mutterturnschuhe an, tanzte den Flur entlang, rannte nach draußen auf den Fahrradweg vor der Turnhalle, und von dort aus betrachtete sie ihr Zimmerfenster, an dem Santana sitzen mußte, aber von außen sah man ihn nicht. Sie ging in den Turnschuhen auf die Wiese hinter der Turnhalle, sie rannte nicht, sie mußte nicht rennen.

Auf die Wiese hinter der Turnhalle legte sie sich zuerst als Ausrufezeichen, danach als Fragezeichen, dann als großes X. Sie ließ die Zehen frei, stellte die Turnschuhe neben sich und sah den fetten weißen Wolken am Himmel zu, die manchmal der Sonne die Sicht versperrten. Sie dachte nicht an die Strahlen.

Werde ich mein Leben lang nun Kalorien zählen müssen, werde ich weiterhin in Zahlen denken, werde ich für immer mit dem Essen kämpfen müssen, fragte Enni Frau Schönleb, und sie antwortete: Das wünsche ich Ihnen nicht.

Ich wünsche mir das auch nicht, sagte Enni. Ich werde es nicht müssen, sagte sie. Sie rieb die Handflächen über die Stuhllehne, mehrmals vor und zurück, bis sie ihre langen, angespannten Hände von der Stuhllehne gleiten ließ, so daß es aussah, als startete ein Mauersegler aus der Steilwand.

Der Siegfried erinnerte Enni ein wenig an Maria, nicht nur weil er nicht groß, aber dunkel war und ebenso schwarze Haare hatte, auch beim Tanzen lag in seinen Bewegungen, in seinem Aufbegehren, in seiner Wut gegen die Mutter, die nicht wollte, daß er feierte, das gleiche Ungestüm. Es waren Leichtigkeit und Schwere zugleich, und wenn sie Odette gewesen wäre, hätte sie sich auch in Siegfried verliebt, und wenn sie Siegfried gewesen wäre, auch in Odette.

Ennis Augen hingen an den Füßen der Tänzerinnen und Tänzer, sie beobachtete die Muskeln und Sehnen, sie verfolgte deren Schritte auf Spitzen. Wenn sie nicht gesessen sondern gestanden hätte, wäre auch sie größer geworden, mindestens fünf Zentimeter größer.

Sie haßte den Rotbart und seine Tochter, ihre Blicke fielen in das Geschehen auf der Bühne wie in einem Film, sie haßte Odile und das Hohngelächter aus dem Off, sie war traurig zum Schluß, als die Schwäne, und mit ihnen Odette, über den See glitten, vorbei am toten Siegfried, aber sie war es nur heimlich, nur so, daß die Mutter neben ihr das nicht bemerken konnte. Ich will wieder tanzen, sagte sie noch im letzten Applaus, aber so laut, daß ein älterer Mann, der links neben ihr saß, es hörte und sie dafür anlächelte.

Ich will wieder tanzen! Das sagte sie auch nach dem Wochenende zu Frau Schönleb.

Es war die Idee der Mutter gewesen, Enni einzuladen ins Ballett, an einem Besuchswochenende, wenn sie und der Vater kämen. Enni wollte alleine mit ihrer Mutter dorthin

gehen, und der Vater war nicht beleidigt, ich laß mir erzählen, sagte er.
Danach ließ er sich nichts erzählen. Er redete und redete, und die Mutter redete auch. Der Vater war thailändisch essen gewesen, nicht ganz alleine, viele Buddhas hatten im Restaurant gestanden, und er kannte all ihre Haltungen, und er beschrieb sie nun haarklein, und wohin ihre Hände zeigten und was das alles bedeutete. Die Mutter redete über kaputte Körper und Füße, über Verformungen und frühe Invalidität, sie machen sich kaputt beim Tanzen, hast du sie dir nicht angeschaut, fragte sie.
Enni wollte sagen, daß sie glücklich gewirkt haben, glücklich waren die Tänzer, wollte sie sagen, das sah man doch, hast du das nicht gesehen, wollte sie fragen, aber sie kam nicht dazu, weil die Eltern redeten, durcheinander, die Mutter beim Rotwein und der Vater beim Pils.
Sie sagte nichts, aber sie dachte es; ihr könnt mich mal, dachte sie. Sie hätte gerne noch über die Tänzer und über die Aufführung und über den Rotbart und Siegfried und die Kostüme der Schwäne gesprochen, deren Tutus aussahen, als seien sie aus sehr weißgebleichten Haaren von denselben Mohairschafen gemacht wie Ilmas blaue Wolle, aus feinen federleichten Haaren, die im Wind der Bewegung flogen und weiße Spuren in der Luft auf der Bühne hinterließen, auf dem gefrorenen See.

Wie es werden würde zu Hause, fragte sich Enni, wie es sein würde ohne Frau Schönleb, wie es sein würde, wenn sie wieder in ihre Schule zurückkam? Sie wollte nicht wieder dorthin zurück, sie hatte Angst vor den Blicken auf

ihrem Körper, vor den Blicken auf alles, was sie tat, sie wollte neu anfangen, anders.
Das sagte Enni zu Frau Schönleb, die noch immer nicht wußte, daß Enni ihre Fußspitzen gerne gegen das Holz des Schreibtischs drückte und sich dabei vorstellte, daß die Füße von Frau Schönleb das gleiche taten und die Füße sich dann unterhielten, wie zwei, die in benachbarten Zimmern wohnten und sie nicht verlassen durften.
Es war eine schöne Vorstellung, daß alle Körperteile ein Eigenleben führten. Die Füße führten ein anderes Leben als die Hände, die Arme ein anderes als die Beine, die Zähne führten sowieso ein ganz anderes Leben. Aber alle waren miteinander verbunden, nichts im Körper war einsam.

Sie kaufte sich neue Hosen, sie kaufte rote und rosarote Hosen, sie war glücklich, wenn die Hosen paßten. Die Kleider bildeten eine Hülle um ihren Körper, sie gaben ihr eine Form.
Sie war immer noch sehr leicht, sie war dünn, das sah sie jetzt, und sie fand sich schrecklich dünn, wenn die Hosen zu groß waren, sie wollte nicht mehr dünn aussehen, aber auch nicht dick werden; wie das gehen sollte, daß sie nicht dick wurde und doch all das aß, was sie mochte, war ihr ein Rätsel.

Enni konnte sich gar nicht mehr vorstellen, wie es ihr möglich gewesen war, in diesem Zimmer zu leben, sie wollte nicht mehr in der engen Nische zwischen Regal und Wand unter der Schräge, unter dem Dachfenster liegen, sie wollte Platz haben beim Liegen und beim Schauen. Wenn sie nun schon wieder zurück mußte in etwas Altes, dann sollte es wenigstens neu werden. Mit einem Müllsack und einem Karton für das Altpapier stand sie zu Hause in ihrem Zimmer. Ohne daß sich etwas verändert hatte in ihrem Zimmer konnte sie sich nicht in dieses Bett legen.

Es ist doch nur ein Probewochenende, hatte Frau Schönleb gesagt, bevor sie fuhr, sie kommen doch wieder, hatte sie gesagt, als Enni am Donnerstag erzählte, daß sie immerzu Sachen ein- und auspacke und daß sie bei allem, was sie einpacke, an den Abschied denke. Ich will mich nicht verabschieden, sagte sie.
Sie können ja alles hier lassen, sagte Frau Schönleb, Sie kommen doch am Sonntagabend wieder.
Enni hatte Angst, sie wäre gerne eine Indianerin gewesen, dann hätte sie sagen können: Ich fürchte mich vor den alten Geistern, vor den bösen Geistern, vor dem Geist meiner Großmutter, und Frau Schönleb hätte der Häuptling sein können, hätte ihr die Zeichen nennen können, mit denen man die Geister vertreiben konnte; Rauchzeichen, Zahlenzeichen, Schriftzeichen, ganz egal.
Ich fürchte mich, daß alles wiederkommt, sagte sie.

Auch die Mutter wollte aufräumen, wir räumen Omas Zimmer aus, sagte sie, damit du mehr Platz hast, vielleicht kannst du mal eine Party feiern.

Enni konnte sich eine Party nicht vorstellen, sie wußte nicht, wie feiern gehen sollte, und mit wem sie feiern sollte auch nicht.
Ich will nicht feiern, sagte Enni.

Unter der Matratze der Großmutter lagen die Heftchen. Sie sahen vergilbt und knittrig aus und manche so schrumpelig wie die Haut der Großmutter am Ende.
Enni war nicht überrascht, ein wenig freute sie sich sogar.
Die Mutter war sprachlos, das gibt es ja nicht, sagte sie, dann lief sie mit brennender Zigarette Runden durchs Zimmer.
Enni stand vor den Zeitschriften, sie mußte lachen, Abba, sagte sie, und Cliff Richard, Pink Floyd, die Bay City Rollers, die Teens und John Travolta, sie alle lagen vor ihr auf der Matratzenunterlage des Großmutterbetts, und alle sahen ein wenig blaß aus.
Es waren jede Menge, Enni wußte gar nicht, daß sie so viele Heftchen vermißt hatte, so viele Bravoheftchen, sagte sie immer wieder, während die Mutter neben ihr stand. Sie packte Bravohefte übereinander und sagte nichts, als dazwischen ein Playboy auftauchte und noch einer und noch einmal einer und eine Praline und noch eine. Sie sah, wie durcheinander die Mutter war, die inzwischen am Fenster stand und schwieg.
Die Mutter rauchte eine Zigarette nach der anderen. Das ist der Gipfel, sagte sie immer wieder, und Enni wäre froh gewesen, wenn sie gelacht hätte.
Die Playboyhefte hatte die Großmutter nicht Enni geklaut, die Pralinehefte auch nicht. Enni nahm sich vor, Joschi zu fragen, ob er einmal welche besessen hatte. Der Vater hatte

bestimmt niemals den Playboy besessen, Hochglanzpapier würde der Vater sagen, Farbverschwendung, Umweltverschmutzung, Entsorgung würde der Vater sagen.
Manchmal war die Großmutter früher auf Gruppenbusreisen gewesen, vielleicht waren auf diesen Fahrten Männer dabei, die diese Zeitschriften lasen.
Enni schob die Playboys und die Pralinen zwischen die Bravos. Sie trug nacheinander zweieinhalb Stapel Zeitschriften in ihr früheres Zimmer.
Was willst du denn damit tun, fragte die Mutter, die ihr nachkam.
Enni wußte es nicht, anschauen vielleicht, sagte sie.

Es ist nicht gut, so etwas aufzubewahren, sagte der Vater, wirf sie weg, nein, verbrenn sie, sagte er beim Mittagessen, bei dem alle sich bemühten, nicht auf Ennis Teller zu schauen.
Nimm dir doch selbst, sagte die Mutter.
Willst du kein Fleisch, fragte der Vater.
Laßt mich doch einfach machen, sagte Enni.
Als alle ihren Teller voll hatten, nahm Enni sich auch. Sie sah, wie die Eltern sich anschauten; sie versuchte alles so zu machen wie immer, so wie sie es in der Klinik auch machte.
Kann ich dein Fleisch haben, fragte Joschi.
Ja, sagte Enni, frag doch nicht so.
Hilfst du mir mit den Heftchen, fragte Enni den Vater. Auf ihrem Teller lagen nun Möhren und Fenchel und Kartoffeln. Das Fleisch wollte sie nicht essen, sie wollte überhaupt kein Fleisch essen. Sie wollte nicht, daß ihretwegen ein Tier getötet wurde.

Wir verbrennen sie, sagte der Vater.
Am Samstagnachmittag verbrannten sie die Zeitschriften in einer großen Blechwanne hinter dem Haus.
Wünsch dir etwas, sagte der Vater, als die kleinen Aschepartikel Richtung Himmel flogen.

Jans Yamaha kannte sie aus seinen Beschreibungen am Telefon, sie war weiß mit rotschwarzer Aufschrift, sie war nicht sehr schnell, aber man konnte mit ihr durchs Gelände fahren, auf unbefestigten Wegen, das schaffte sie leicht, dafür war sie gemacht, oder zumindest sah sie so aus. Sie hatte Reifen mit tiefem Profil, sie war nicht groß, ein Pony mit rotem Sattel, das Enduro hieß.
Als Enni hinter Jan saß, er im weißen Helm und sie im gelben Helm, dachte sie an Joschis Playmobilkiste von früher, an eine Welt, in der alles Spiel war. Aber in ihrem Kopf kämpfte ein Ja mit einem Nein, und die beiden lenkten sie ab von der Fahrt, und als sie am See ankamen, konnte Enni sich nicht mehr an den Weg dorthin erinnern. Wasser kämpfte gegen Wein und tat es noch immer, als Enni die vielen Menschen sah, die zwischen Fackeln und bunten Lichterketten auf dem Boden und auf Stühlen und Bänken saßen, und Musik lief, die sie nicht kannte.
Erst als sie nebeneinander an einen Baum gelehnt saßen und Enni mehr nach Westen schaute und Jan ein wenig mehr nach Süden, gewann der Wein im Kopf und in der Wirklichkeit auch. Er schmeckte nach Holz und vermischte sich mit dem Geruch vom See.

Willst du bei mir schlafen, fragte Jan Enni, und sie versuchte in seiner Stimme zu hören, was das bedeutete. Sie suchte in seinem Gesicht, ergründete seine Augen nach Zeichen, die ihre Frage klärten, aber auf Jans Gesicht lag ein Lächeln, das auch nicht verschwand, als Enni zögerte. Es wurde ein Lachen, als ein knappes «O.k.» und ein «ich möchte so gerne mit dir aufwachen» gleichzeitig aus zwei verschiedenen Mündern kamen.

Viel später, als sie nebeneinander lagen, und noch später, als sie wie zwei Löffel ineinander lagen, kam das «O.k.» aus Jans Mund, als Enni sich näher herantraute als sonst und doch sagte: Ich möchte aber nicht mit dir schlafen. Jan erfuhr nicht, daß Enni dabei überlegte, ob sie es irgendwann doch können würde, und daß etwas vibrierte in ihrem Bauch, aber er benahm sich so, als glaube er daran.

Im Traum fiel der Regen zuerst vollkommen senkrecht vom Himmel und traf sie wie die steil stehende Mittagssonne, doch je näher sie dem höchsten Punkt der Düne kamen, desto waagerechter kam das Wasser. Ganz oben auf der Düne hatte Enni das Gefühl, das Meer käme ihnen entgegen, von unten und oben, rollte und flöge, alles in einem und beides gleichzeitig. Am Horizont war keine Linie zu sehen, Meer und Himmel waren eins, hatten sich vermischt und zogen dem Land entgegen in dicken Wolken und in Wellen, es donnerte überall, und nur die Blitze in der Ferne hatten ihren Anfang oben und ihr Ende unten.

Komm, rief Enni Jan zu, der hinter ihr stand, und sie war sich nicht sicher, ob er lieber wieder umkehren wollte. Er

antwortete etwas, das Enni nicht verstand, aber er bewegte sich nicht.
Komm, rief Enni noch einmal, sie wollte weiter. Sie ging auf ihn zu, komm, sagte sie noch einmal, dann nahm sie ihn am Arm und zog ihn mit sich.
Im Regenhimmel schwamm ein Goldfisch und er war gleichzeitig eine Fahne im Wind, auf die Enni zurannte.

Von Maria kam ein einziger Brief an Enni, in dem stand, daß er vielleicht noch einmal in die Klinik kommen werde, bald, daß er vielleicht zu früh gegangen sei, daß der Therapeut, zu dem er gehe, nicht nett sei, daß er vielleicht noch einmal für drei Monate zu seiner Frau Bruckner komme, wenn die Krankenkasse das bezahle.
Ich will nicht mehr aus dem Haus heute, schrieb Maria am Ende des Briefes, deshalb kommt der Brief erst übermorgen bei dir an.
Enni las, daß er wieder nicht mehr aus dem Haus konnte.

Ich werde weg sein, falls du nicht in den nächsten zweieinhalb Wochen kommst, schrieb sie Maria zurück, ich gehe nach Hause. Es geht mir gut, schrieb sie.
Daß sie immer gedacht habe, er habe es geschafft, schrieb sie nach langem Zögern, sie schrieb nicht, daß auch sie Angst bekam, wenn es ihm wieder schlecht ging.
Wahrscheinlich bin ich schon weg, wenn du kommst, ich muß ja nach den Ferien noch Abitur machen.
Daß sie Angst hatte, mit Jan ans Meer zu fahren, obwohl sie es doch so gerne tun wollte, schrieb sie nicht. Sie

schrieb: Ich will auch nicht so gerne nach Hause zurück, aber Frau Schönleb sagt, daß Abhauen nicht gilt.
Ich will wieder tanzen, schrieb sie. Ich werde wieder zu dem Therapeuten gehen, bei dem ich mal war, bevor ich in die Klinik kam.
Sie schrieb zum Schluß: Ruf mich an, wenn du weißt, wann du kommst.
Maria rief nicht an, bevor sie fuhr.

Gewohnheiten bemerkte man häufig erst, wenn man mit ihnen brechen mußte, oder kurz davor; dann bekam alles Bedeutung: das letzte Mal zur Maltherapie, das letzte Mal den Weg in die Stadt nehmen, durch den Wald, nur noch einmal ins Musikcafé gehen, das letzte Mal den Weg zurück. Das letzte Mal in der Halle unter den Schwalbennesterfenstern zu sitzen sparte sie sich auf, die letzte Nacht kam noch, und das letzte Gespräch mit Frau Schönleb kam ganz zuletzt.
In ihrem Zimmer rollte Enni die Maltherapiebilder zu einer dicken Rolle, sie band ein rotes Geschenkband darum, aber sie löste das Band wieder, weil sie ein Bild doch dalassen wollte, sie würde es Frau Schönleb schenken. Das Bild mit dem Tanzbären auf der Treppe gehörte ihr. Der Bär war auf dem Weg auf die Bühne, dort würde er sich ausziehen, und dann würde er tanzen. Enni wußte nicht, als wer oder was, und auch nicht, was unter dem Kostüm war, aber eine Prinzessin wußte auch nicht, in was sich ein Frosch verwandelte, wenn sie ihn an die Wand warf.
Sie packte die Bücher in einen Karton, stellte alle Pflanzen

auf den Schreibtisch zum Buddha, sie streichelte ihm über den Rücken, seine Hand zeigte auf die Blätter einer kleinblättrigen Pflanze, die über den Tisch wuchs und sehr viel zu trinken brauchte.

Enni steckte ihre Hand in Santanas Bauch und setzte sich mit ihm auf den Heizkörper.

Und was wird jetzt, fragte Santana.

Wir könnten fliegen, sagte Enni. Sie flogen einige Runden durchs Zimmer, sie flogen übers Bett, ins Bad, dort unters Waschbecken, wo das leere Glasbecken stand, in dem der Glasputzerfisch gestorben war, sie flogen in den Schrank, der noch nicht ausgeräumt war, flogen vor dem Fenster hin und her, bis Enni genug hatte und Santana auch.

Es reicht, sagte Enni.

O.k., sagte Santana.

Die Arbeit an diesem Roman wurde unterstützt durch die Stiftung Künstlerdorf Schöppingen und durch den Bund deutscher Schriftsteller in Baden-Württemberg. Mein besonderer Dank gilt Josef Spiegel und Heinz Kock.

Ich danke Manfred Ciechoradzki für die Möglichkeit der Hospitation in seiner Ballettschule.

Ich danke meinem Lektor Martin Hielscher sehr für Ermutigung und Kritik.
Dieter Koller danke ich für die (nicht nur) alltägliche Begleitung meines Lebens und meiner Arbeit;
Sebastian Wogenstein für die Lust am Text und seine Freundschaft, Gabriela Jaskulla, Rita Rohlfing für ihre Freude am Komischen und den Zuspruch.
Ich danke: Katja Lange-Müller und Uwe Kolbe, Simone Kambetz, Karin Boeckh, Tobias Baur, Tina Geißinger, Thea Caillieux und Egon Gramer, Britta Lange, und Björn Kern.
Ich danke last but not least meinen Eltern für ihre Unterstützung und Liebe.